Le bus de la peur

Paul Toskiam

LE BUS DE LA PEUR

First edition. October 9, 2024.

Copyright © 2024 Paul Toskiam.

ISBN: 979-8227366863

Written by Paul Toskiam.

Table des Matières

Avertissement

Ce roman est une œuvre de fiction. Les noms, les personnages, les lieux et les événements décrits ne sont pas réels. Toute ressemblance avec des personnes, des lieux ou des événements réels qui existent ou ont existé est purement fortuite. Ce roman ne doit pas être utilisé comme source d'informations ou de conseils. L'auteur et l'éditeur de ce roman n'acceptent aucune responsabilité pour tout dommage causé par la lecture de ce roman.

Ce roman est destiné aux adultes ayant atteint l'âge légal de la majorité dans le pays d'achat, et contient des scènes qui peuvent être choquantes pour certains lecteurs.

Ce roman est protégé par les droits d'auteur. Toute reproduction, adaptation ou utilisation non autorisée est strictement interdite.

La sortie du bureau

Ce soir-là, il neigeait pour le réveillon de Noël.

Pour une fois, la météo correspondait aux clichés de la saison à cette latitude.

La nuit était déjà tombée depuis plusieurs heures. Jane venait de terminer sa journée de travail dans un bureau ennuyeux, juché juste au-dessus d'un entrepôt bruyant et puant, et sous les ordres méticuleux d'un petit chef harceleur. Autant dire qu'elle faisait ce job pour mettre à manger dans son assiette et un toit au-dessus de sa tête. Evidemment, le chef de Jane ne l'avait pas autorisée à partir plus tôt ce soir. Il a prétexté que toutes les autorisations de partir plus tôt avaient déjà été attribuées. Pas de chance jour Jane. Il y avait clairement des favoris dans cette boîte.

Elle avait hâte de rentrer chez elle. La journée avait été interminable, et ses épaules étaient lourdes de tension accumulée. Elle sentait déjà la sensation réconfortante de son canapé moelleux contre son dos. Elle voulait se perdre dans les épisodes de sa série préférée, une vieille série qu'elle regardait pour la troisième fois consécutive. Les personnages, à la fois amusants et tordus, la faisaient rire à chaque visionnage. Elle adorait les décors ravissants, qui la faisaient rêver d'un autre monde où les complications de la vie semblaient distantes.

Pourquoi éprouvait-elle un besoin si pressant de s'évader dans cet univers fictif ? Peut-être que cela lui permettait de fuir ses propres interrogations et angoisses presque intolérables. Son travail, sa vie sociale décousue, tout cela s'effaçait quand elle se plongeait dans sa série.

Elle visualisait déjà la scène : sauter dans ses épaisses chaussettes en laine, d'un gris anthracite – des chaussettes pour lesquelles elle n'avait pas hésité à débourser une coquette somme. Elles étaient neuves, douces, moelleuses, et tout simplement parfaites pour une soirée cocooning. Elle imaginait la sensation de la laine chaude emmitouflant ses pieds fatigués. Et le couronnement final serait un bon hamburger bien gras, généreux et réconfortant. Elle sourit à l'idée de la première bouchée, du goût juteux du bacon croustillant et du fromage fondant

Jane était une trentenaire brune aux airs de mystère. Ses longs cheveux sombres encadraient son visage délicat, sur lequel brillaient ses yeux d'un vert profond. Elle avait ce charme naturel qui capturait les regards. Elle savait qu'elle n'était ni moche, ni jolie. Elle rêvait aussi parfois d'une version d'elle-même où sa beauté serait comme une baguette magique, lui ouvrant toutes les portes du monde, comme dans sa série. Mais ce sera pour une autre vie. Ce n'était pas sa beauté qui la distinguait, mais son style singulier, cette façon de s'habiller avec une élégance nonchalante, faisait souvent d'elle une énigme vivante pour ses contemporains.

Ce jour-là, elle était vêtue d'un manteau qui tombait légèrement au-dessus des genoux. Ça lui donnait cet air d'adolescente qu'elle adorait . Sa coupe décontractée et son tissu élimé lui donnaient une allure rebelle, presque sauvage. Elle ne se souciait guère des conventions de la mode, préférant suivre sa propre voie.

Sous son manteau, elle portait une tenue à la fois audacieuse et décontractée. Un haut légèrement ample laissait deviner une épaule nue, révélant ainsi une part de sa féminité assumée. Son jean moulant mettait en valeur ses courbes gracieuses, tandis que ses grosses bottes, solides et robustes, semblaient lui conférer une confiance inébranlable.

Pour parfaire son look atypique, Jane arborait un bonnet de laine moche de Noël. C'était à la mode chez les bourgeois du coin. Alors pour se donner des frissons, elle en portait un aussi. Mais les bourgeois se reniflent entre eux. Et au travail, ils interprétaient son bonnet comme une provocation mal placée. Pourtant elle s'était attachée à ce bonnet. Les motifs colorés, représentant des rennes et des flocons de neige, étaient en totale contradiction avec sa personnalité mystérieuse. Ce bonnet ajoutait une touche de légèreté à son apparence, soulignant son côté facétieux et imprévisible.

Comme tous les soirs de la semaine de travail, elle marcha jusqu'à l'arrêt de bus, en écoutant de la musique sur son téléphone. Elle arriva à l'arrêt et constata qu'il n'y avait personne. Pas étonnant vu l'heure et la date. Ils devaient déjà tous être chez eux à finaliser les derniers préparatifs pour le réveillon de Noël.

Jane faisait partie de ceux qui, avec le temps et le cours de leur existence, avaient appris à détester Noël.

C'est arrivé comme ça, un matin, sans prévenir.

Une de ses amies lui a demandé "Alors ?".

Ça n'avait l'air de rien et Jane n'y a pas prêté plus d'attention que ça. Mais l'après-midi de ce même jour, sa mère Lisa, lui a demandé, alors qu'elles parlaient de tout autre chose au téléphone : "Alors ?".

Plus tard, ce même jour, dans la soirée, c'est la gardienne de son immeuble qui lui a demandé "Alors ?", comme sorti de nulle part, pendant leur conversation à propos du ravalement de l'immeuble. Les jours et les semaines qui suivirent, devinrent à n'en pas douter sa période "Alors ?". Même les pubs sur Internet et les réseaux sociaux faisaient partie du complot. Une période qui s'éternisa jusqu'à ce que, sur un coup de tête, Jane décide de relever le pont levis et de se barricader dans son château fort pour tenir la civilisation à distance. Une décision qui laissa beaucoup de monde pantois sur le passage de la tornade, mais au moins, c'était sa tornade.

"Alors ? C'est quand que tu te décides ?", sous-entendu "à trente-cinq ans, l'heure de fabriquer ton premier gosse a largement sonné, ma petite Jane !"

Depuis, et n'ayant toujours pas accepté cette mission aussi périlleuse que pleine de promesses de bonheur, elle a entamé une relation, disons compliquée, avec Noël.

D'ailleurs, pour "fabriquer" son premier gamin, il faudrait déjà qu'elle trouve le monsieur qui acceptera ses chaussettes en laine et son bonnet de fausse bourgeoise !

Jane marcha quelques pas dans le silence provoqué par la neige qui tombait encore. C'était un Noël blanc comme on n'en avait pas vu à cet endroit depuis des années. C'était sans doute causé par le réchauffement climatique. A force de dérèglements, la météo était finalement retombée sur ses pattes.

Elle avança jusqu'à rejoindre l'arrêt de bus et s'assit sur le banc en plastique gribouillé de dizaines de tags plus ou moins artistiques. Elle regarda l'heure. Le bus devrait arriver dans cinq minutes. Elle soupira et attendit, contemplant les volutes de buée qu'elle faisait sortir de sa bouche. Soudain, elle entendit une voix derrière elle. Elle sursauta. C'était un jeune homme, habillé avec des vêtements anciens, un peu de vêtements de mécanicien qui sort du garage. Il avait l'air un peu perdu. Non, elle ne l'avait jamais vu ici. Il devait être nouveau dans le coin car il semblait perdu dans cette zone d'activités où tous les bâtiments se ressemblent.

"Bonsoir. Vous attendez le bus ?"

"Oui, pourquoi ?" demanda-t-elle en retirant un de ses écouteurs de l'oreille.

"Je peux vous tenir compagnie ?" proposa-t-il.

Elle le dévisagea de la tête aux pieds comme s'il venait de la demander en mariage. "Non, merci. Je préfère être tranquille."

"Oh, allez. Ne soyez pas si froide. Vous êtes très jolie, vous savez."

"Laissez-moi tranquille, s'il vous plaît."

"Ne faites pas la difficile. Je suis sûr que vous aimez qu'on vous complimente."

"Vous êtes gentil, mais je préfère attendre seule." souffla Jane, d'un ton ferme et cassant.

Le jeune homme, souriant, n'insista pas. Il regarda au loin pour voir si le bus arrivait.

"Ne montez pas dans le bus." conseilla-t-il en regardant Jane qui remettait ses écouteurs.

Elle pensait avoir mal entendu. Pourtant, elle avait bien compris. Son cerveau, surpris, avait juste besoin d'un peu de temps pour réaliser. Et aussi pour se demander pourquoi cet inconnu, sorti de nulle part, se permettait de lui donner un conseil qu'elle n'avait pas demandé.

Elle restait assise, là, dans cet arrêt de bus isolé. Son instinct lui commanda de bouger de cet endroit. L'inconnu était peut-être sous l'emprise de substances illicites et cherchait des sensations fortes. Elle se leva pour retourner sur ses pas vers son bureau, pour attendre que cet homme qui lui faisait peur quitte l'endroit. Elle tourna la tête tout autour, mais il avait disparu. Elle était incapable de dire où il était passé. Il était plutôt mignon, finalement. Il n'était pas vraiment méchant. Mais elle n'avait vraiment pas la tête à ça ce soir-là.

Elle regarda encore sa montre et se dit que le bus aurait déjà dû être là. Elle regarda encore autour d'elle mais elle ne voyait plus l'inconnu et toujours pas de bus.

Elle se leva, et marcha quelques pas les yeux fermés pour profiter de la musique et de ce petit vent d'hiver, rafraîchissant pour le corps comme pour l'esprit.

Jane travaillait ici depuis cinq ans et cherchait autre chose car elle en avait marre de tout : de l'endroit, de ses collègues moqueurs, de son patron, des transports aléatoires, bref, de sa vie misérable. Enfin, c'est ainsi qu'elle se voyait. Elle avait fait de longues études, en se privant, en travaillant dans deux jobs alimentaires à côté pour tout payer. Et pourquoi finalement ? Pour se retrouver devant un écran toute la journée sous le regard libidineux d'un patron libidineux et repoussant physiquement. C'était une startup qui fabriquait des oreillers vibrants orthopédiques, à mettre sous la nuque pour la soulager... ou entre les cuisses, comme elle avait dit un jour en ricanant devant Paul, son patron de dix-neuf ans, lors du pot de départ d'une collègue en fin de carrière.

Elle se souvient. Paul était resté coincé comme une statue de marbre, avec un sourire en biais, zébrant son visage. Cette image de ses oreillers utilisés comme des sextoys semblait autant le frustrer que lui donner des idées avec ce sourire aussi frustré que lubrique. Il n'avait de cesse de lui faire des avances plus ou moins explicites, surtout quand ils se retrouvaient seuls au même endroit. Pour une fois, elle était plutôt contente de son coup d'éclat en public.

LE BUS DE LA PEUR

Le bus arrive

Le vieux bus public, de couleur jaune sombre, avançait avec une lenteur déconcertante à travers le paysage enneigé. Son apparence déglinguée témoignait des années passées à affronter les rigueurs de la météo, été comme hiver. L'avant ressemblait presque à un crâne. La peinture écaillée laissait entrevoir un début de rouille qui avait élu domicile sur sa carrosserie fatiguée. Les fenêtres, autrefois transparentes, étaient désormais opaques par endroits, et en cette saison, recouvertes d'une fine couche de givre sur les bords.

Malgré son état extérieur désolant, le bus continuait sa progression avec une étrange grâce. Comme s'il était conscient de sa mission de transporteur fidèle, il avançait avec détermination, presque en silence. Le bruit du moteur était réduit à un murmure feutré, presque imperceptible, comme s'il ne voulait pas perturber la tranquillité de l'hiver qui l'entourait.

Les roues du bus s'enfonçaient doucement dans la neige fraîche, laissant derrière elles des traces profondes sous son poids. Il glissait sur le manteau blanc qui recouvrait la route, comme s'il avait trouvé son élément naturel dans cette zone d'activités immense et, ce soir-là, presque immaculée.

Les fenêtres, embuées par le froid, ne laissaient entrevoir aucune présence humaine à l'intérieur. Il semblait presque abandonné, un fantôme silencieux se déplaçant sans âme qui vive.

Le contraste entre le mouvement lent et fluide du véhicule et l'absence de visages derrière les vitres créait une sensation étrange et inhabituelle.

Les flocons de neige virevoltaient autour de lui, donnant l'impression qu'il était enveloppé d'un cocon immaculé. La neige s'accumulait doucement sur le toit, formant une couronne blanche qui accentuait son apparence solitaire et intemporelle.

Le bus, une vieille carcasse métallique aux couleurs fanées, était bien vide, comme un témoin solitaire d'un voyage oublié sur la chaussée presque déserte. En ce soir de réveillon de Noël, il semblait ne servir à personne, peut-être à cause de l'heure tardive ou l'emplacement isolé. Seule Jane osait braver la nuit glaciale et pénétrer à bord. Elle passa quelques secondes à détailler le véhicule, un sourire espiègle se dessinant sur ses lèvres. Ce bus défraîchi semblait être le genre de moyen de transport que personne ne voudrait prendre : une épave sur roues mise en service faute de mieux.

Son regard s'attarda ensuite sur le conducteur, un homme massif occupé à fixer la route devant lui d'un air morose. Sa barbe blanche et touffue, en contraste frappant avec ses traits sévères, lui conférait une allure paradoxale de Père Noël aigri. Le halo des lumières intérieures accentuait ses rides profondes et son teint sombre, rendant l'image presque caricaturale. Lui, en revanche, semblait impassible, figé dans un mutisme de solitude. Jane, malgré elle, sentit un frisson d'expectative parcourir son échine. Ce simple trajet en bus promettait peut-être plus que ce qu'elle n'avait escompté.

Le conducteur ne prêta pas attention à l'arrivée de Jane. Ni quand elle entra, ni quand elle lui présenta sa carte de transport. Il gardait les yeux fixés sur la route, esquissant à peine un signe de tête. Son visage semblait marqué par les années et les soucis, donnant à penser que, comme son bus, il avait traversé plus d'un hiver rude. Il devait être le seul à accepter encore de conduire ce vieux tas de ferraille.

Jane se sentit légèrement déconcertée par cette rencontre peu chaleureuse. Elle s'approcha timidement du conducteur et tenta de rompre la glace. "Bonjour" dit-elle d'une voix hésitante en retirant ses écouteurs. Mais le conducteur demeura silencieux, se concentrant uniquement sur sa tâche de conduire le bus.

La conversation ne semblait pas être son point fort. Jane décida de passer à autre chose et marcha quelques pas dans le couloir pour s'installer dans un siège près de la fenêtre, espérant que le paysage lui offrirait une distraction agréable pendant le trajet. Elle essuya la buée de la vitre et contempla le paysage pendant que le bus démarrait.

Le bus reprit sa route, traversant ce long défilé d'entrepôts et de parkings vidés. Puis il pénétra dans la ville, plus animée et lumineuse. Jane était plongée dans ses pensées, laissant son esprit vagabonder au gré de ses rêveries. Le doux balancement du véhicule ajoutait une touche d'apaisement à ses pensées tourbillonnantes.

Soudain, le bus s'immobilisa avec une brutalité inattendue.

Dans un grincement de métal et un sifflement pneumatique, les portes s'ouvrirent. Le conducteur, impassible, descendit sans un mot, sans même jeter un regard en arrière. Une profonde perplexité envahit Jane alors qu'elle se levait de son siège, cherchant à comprendre cette scène absurde. Pourquoi le bus s'arrêtait-il ici où aucun arrêt n'était prévu ?

Le conducteur disparut rapidement de son champ de vision, s'éloignant d'un pas rapide comme s'il était en mission. Jane sentit une bouffée de chaleur envahir ses tempes, un indicateur infaillible de la panique qui commençait à monter en elle. Était-ce une situation normale ? Son regard fouilla l'intérieur du bus, à la recherche d'un signe rassurant.

Elle se dirigea résolument vers l'avant du bus, espérant percer le mystère derrière cet arrêt inexplicable. Mais alors qu'elle atteignait les portes, celles-ci se refermèrent brusquement, coupant net son élan.

Son instinct de survie prit immédiatement le dessus, et elle réagit avec une rapidité désespérée. Sans réfléchir, elle s'élança vers les portes arrière du bus qui restaient encore légèrement entrouvertes. Pourtant, à son grand désarroi, elles se refermèrent brusquement devant elle, comme si elles se liguaient contre sa volonté d'évasion. "Merde !" s'exclama-t-elle dans un cri de frustration intense. Elle les poussa de toutes ses forces, ses muscles tendus à l'extrême, espérant contre toute logique pouvoir se faufiler à l'extérieur. C'était en vain.

Les battants de métal semblaient possédés d'une volonté propre, inébranlables et impassibles face à ses tentatives désespérées. Ses mains glissèrent sur le contour froid et impitoyable des portes, chaque seconde qui s'écoulait s'alourdissant de l'angoisse palpable de l'impuissance. Elle sentit un frisson glacé le long de sa colonne vertébrale, la cruelle réalité de sa situation se heurtant contre l'élan de son désespoir.

Pendant un bref instant, une panique sourde monta en Jane, envahissant son esprit telle une vague implacable. Elle se retrouva emprisonnée dans ce bus, un colosse d'acier qui avançait désormais de son propre chef, tel une créature qui aurait échappé à son maître. Les rares passants, témoins à la fois privilégiés et impuissants de cette scène insolite, la fixaient sans vraiment la voir, leurs regards glissant sur elle comme sur une ombre indistincte.

Les mains de Jane, tremblantes, se crispèrent sur le dossier du siège devant elle, ses doigts blanchis par l'effort. Le cœur battant à tout rompre, elle tentait de comprendre l'incompréhensible. Les rues défilèrent à travers les vitres embuées ; un dédale urbain qui semblait se resserrer autour de son cœur affolé. Chaque virage accentuait l'impression d'irréalité de cette situation, à la fois précise et terrifiante.

Sous l'éclairage blafard des réverbères, le visage de Jane était figé dans une expression d'angoisse, ses traits tirés par une force invisible. Son esprit, en proie à une multitude de pensées contradictoires, basculait entre la résignation et l'instinct primal de survie. Elle scrutait chaque détail du bus : les sièges usés, les barres métalliques, le plancher égratigné, comme si chacun d'eux cachait un secret capable de l'arracher à ce cauchemar ambulant.

Chaque mètre parcouru amplifiait sa désorientation. Les contours de la ville se confondaient, devenant flous, tandis que son esprit cherchait désespérément une échappatoire, une clé pour dompter ce monstre qui l'emportait vers l'inconnu. Mais les portes restaient closes, hermétiques, et Jane comprenait, au fond d'elle-même, que sa seule arme était son courage et sa volonté féroce de survivre.

Mais qu'était-elle venu faire dans ce bus ?

Les rues défilaient devant elle, les passants continuaient leur vie comme si de rien n'était, ignorant la situation étrange qui se jouait à l'intérieur du bus.

Les pensées se bousculaient encore dans l'esprit de Jane. Elle sentait les pulsations de son cœur jusque dans ses tempes. Que se passait-il ? Pourquoi le bus l'avait-il enfermée à l'intérieur ? Comment allait-elle s'échapper de cet étrange piège sur roues ?

Alors que le bus continuait sa route, imperturbable, Jane se laissait aller à la dérive de ses pensées. Des réminiscences d'un passé qu'elle avait tenté de fuir longtemps revinrent soudain à la surface, se détachant des profondeurs de sa mémoire comme des fragments de rêves oubliés. Les souvenirs, douloureux et impitoyables, s'insinuaient dans son esprit, évoquant la réalité brute de sa propre vulnérabilité. Chaque secousse du véhicule semblait raviver une facette de son histoire, la plongeant dans un tourbillon d'émotions qu'elle croyait avoir maîtrisées, mais qui, en cet instant, déferlaient avec une intensité insoupçonnée.

Elle se retrouva plusieurs années en arrière, prisonnière d'une cabine d'ascenseur défectueuse. La panique claustrophobique l'avait envahie tel un serpent insidieux, et les battements frénétiques de son cœur résonnaient encore à ses oreilles comme un tambour de guerre. Une autre personne, elle aussi terrifiée, hurlait et frappait frénétiquement les portes de la cage métallique, cherchant désespérément une échappatoire à cette situation cauchemardesque.

Les images de cette expérience traumatisante défilèrent devant les yeux de Jane, telles des scènes d'un vieux film dont elle était la protagoniste impuissante. Les paroies étroites semblaient se refermer sur elle, l'air se faisait de plus en plus lourd, presque palpable, comprimant sa poitrine. Elle se revit, luttant contre la panique, se cramponnant à un mince fil de raison, tentant de se concentrer sur sa respiration, régulant chaque inspiration, chaque expiration dans un effort désespéré pour calmer son esprit affolé.

Elle se souvint du contraste saisissant entre le silence oppressant de l'ascenseur et les cris stridents de son compagnon d'infortune. Chaque seconde s'étirait à l'infini, chaque souffle prenait des allures de dernier souffle. Jane s'était accrochée à une image mentale, celle d'un lieu paisible, espérant que cette échappatoire mentale lui accorderait la force nécessaire pour surmonter l'épreuve et attendre l'arrivée des secours.

Les souvenirs se mêlaient au présent, renforçant l'anxiété de Jane dans cet environnement inconnu. Mais elle se ressaisit. Elle avait survécu à cette épreuve une fois, et elle pouvait le faire à nouveau. Elle se remémora les techniques de gestion du stress qu'elle avait apprises pour affronter sa claustrophobie.

Elle prit de profondes inspirations, remplissant ses poumons d'air frais. Elle ferma les yeux un instant, se concentrant sur le moment présent. La sensation de ses pieds sur le sol du bus, la légère vibration du moteur sous ses pieds. Elle se répéta mentalement qu'elle était en sécurité, qu'elle pouvait contrôler sa peur.

Les flashs de souvenirs s'estompèrent peu à peu, et Jane rouvrit les yeux, résolue à affronter les épreuves qui se présenteraient à elle. Elle se rappela que la peur était un adversaire puissant, mais elle avait aussi en elle la force de la combattre.

Le silence régnait dans l'habitacle, seulement interrompu par le bruissement régulier du moteur et le murmure feutré des pneus glissant sur le bitume. Jane, plongée dans cette atmosphère étrange, oscillait entre une fascination grandissante et une inquiétude insidieuse. Le paysage défilait lentement à travers les vitres, enveloppé dans la lueur tamisée de la ville.

Elle s'approcha des fenêtres dans l'espoir de mieux discerner ce qui se tramait au-dehors, mais les vitres, nappées d'une épaisse buée, ne laissaient entrevoir que des lueurs diffuses provenant des décorations.

D'un geste fébrile, elle entreprit de nettoyer la condensation d'une des fenêtres, ses doigts traçant des arabesques dans la brume. Peu à peu, le verre se dégagea, mais ce qu'elle aperçut au-delà du vitrage lui sembla étrangement familier et pourtant étranger. Cette rue, ces maisons parées de guirlandes lumineuses, ces silhouettes floues se déplaçant dans l'obscurité hivernale... rien ne lui rappelait un lieu qu'elle aurait connu. Une inquiétude sourde s'insinua en elle alors qu'elle tentait désespérément de situer cet endroit inconnu qui se refusait à sa mémoire.

Jane réalisa à ce moment précis que le bus ne suivait aucun itinéraire habituel. Il s'enfonçait dans des ruelles sombres et tortueuses où il avançait, implacablement, pour se frayer un passage, s'éloignant du centre-ville animé pour se diriger vers des quartiers moins fréquentés.

Le mystère et l'appréhension grandirent dans le cœur de Jane, tels des nuées sombres envahissant un ciel d'orage. Elle aspirait ardemment à la tranquillité, et non à une effroyable virée à bord d'un bus fantôme. Qui donc tenait les rênes de ce véhicule détourné ? Et surtout, vers quelles sinistres contrées la menait-il ? Elle se reprochait maintenant de ne pas avoir suivi son instinct en se précipitant plus tôt vers la porte de sortie quand le conducteur avait quitté le bus. L'instant crucial lui avait échappé, sous l'effet de surprise. Est-ce que le bus était téléguidé à distance par un fou qui s'amusait à la prendre en otage ?

Jane tenta d'appeler sa mère, puis son amie Sandra.

Son téléphone ne captait pas le réseau, ni un spot wifi aux alentours dont elle aurait pu profiter pendant les arrêts aux feux rouges. Elle redémarra son téléphone plusieurs fois mais le réseau restait inaccessible. Elle prit des photos de la cabine du bus et du siège du conducteur vide et, avec appréhension, lança un appel aux services d'urgence. Elle n'avait jamais appelé les urgences. Cette fois encore, son téléphone échoua à la mettre en relation avec l'extérieur.

Jane essaya de se calmer et de trouver une issue à cette situation. Elle vérifia encore les portes du bus, espérant qu'une d'entre elles était ouverte, mais elles semblaient toutes verrouillées. La panique commençait à s'emparer d'elle, mais elle refusa de se laisser submerger par la peur.

Elle scruta attentivement l'intérieur du bus, à la recherche du moindre indice, d'un signe qui pourrait éclairer le mystère ou lui offrir un moyen de communiquer avec l'extérieur. Ses yeux vifs et curieux ne laissèrent aucun détail échappatoire. C'est alors qu'ils se posèrent sur un interphone, discrètement fixé près du siège du conducteur. Un soupçon d'espoir s'insinua dans son esprit déjà bien tourmenté.

Sans perdre une seconde, elle se précipita vers cet appareil, son cœur tambourinant dans sa poitrine. Elle tendit une main tremblante vers le bouton et, après un instant d'hésitation, appuya avec détermination. Le souffle légèrement coupé par l'angoisse, elle chercha à faire naître une voix familière dans le silence oppressant du véhicule.

"Il y a quelqu'un ?" demanda-t-elle, sa voix tremblante trahissant un fragile mélange d'espoir et d'incertitude. "Pouvez-vous m'entendre ? Je vous en prie, dites-moi ce qui se passe !"

Le silence qui suivit sa requête sembla s'étirer indéfiniment, chaque seconde pesant comme une éternité. Sa respiration se fit plus haletante, tandis qu'elle attendait fébrilement une quelconque réponse qui éclairerait son sombre horizon.

Elle devait rester calme et trouver un moyen de sortir de cet étrange voyage. Le bus continuait sa route, l'emportant plus loin dans l'inconnu.

Au détour d'un virage, l'interphone se mit à crépiter.

La voix

Des voix s'élevèrent, des chuchotements quasi imperceptibles qui paraissaient surgir de nulle part. Ces murmures, porteurs d'un mystère étrange, se muèrent bientôt en cris déchirants, des appels étouffés et empreints de terreur et de désespoir. Ces voix distantes résonnaient dans l'habitacle sombre du bus, emplissant l'air d'une angoisse palpable. Elle crut discerner, au milieu de ce tumulte poignant, des enfants appeler "Maman" dans un écho lointain et obsédant.

Son cœur s'emballa lorsque la cacophonie ambiante s'estompa, laissant place à une voix grave, empreinte d'une autorité indiscutable, qui s'adressa à elle. L'instant d'après, cette voix puissante résonna à travers les haut-parleurs de l'interphone, lui glaçant le sang par sa seule intonation. Jane avait toujours été particulièrement sensible à ce timbre de voix, résolument masculin, qui semblait capable de débrancher ses pensées comme un chaton pris par la peau du cou. Elle ignorait les raisons profondes de cette réaction, mais le résultat demeurait invariable.

"Bonjour Jane..." prononça la voix dans l'interphone, d'un ton calme et presque familier, qui contrastait étrangement avec la tension qu'il suscitait en elle.

Cette voix lui faisait peur mais elle était aussi plus qu'heureuse de l'entendre, d'avoir enfin un contact avec quelqu'un pour tenter de comprendre sa situation aussi pénible qu' inattendue.

"Je suis seule dans le bus. Il avance tout seul !" cria Jane avec une énergie retrouvée.

L'interphone se mit à crépiter à nouveau. Les voix d'enfants étaient présentes, mais plus lointaines. Ces petits chuchotements la forçaient à tendre l'oreille et elle ne parvenait pas à capter le moindre mot de cette conversation.

"Restez calme... nous allons vous donner des instructions..." l'interphone crépitait encore plus fort, comme s'il était victime d'une surtension causée par cette voix puissante, presque saturée.

Ils allaient "donner des instructions" ? Jane était à la fois rassurée d'entendre un humain lui parler. Mais ces mots n'avaient rien de rassurant.

"Qui êtes-vous ?" demanda-t-elle pour tenter de comprendre à qui elle avait à faire. Elle n'obtenu pas de réponse.

Le bus continuait de rouler lentement dans la grisaille de l'après-midi. Jane, agacée, ne cessait d'essuyer la vitre qui se recouvrait presque aussitôt de buée, formant une barrière impénétrable entre elle et le monde extérieur. Le véhicule semblait étrangement hostile, comme s'il prenait un malin plaisir à contrecarrer ses efforts déjà désespérés.

Elle sentit le bus freiner et s'immobiliser après une longue attente. En essuyant la vitre une fois de plus, elle aperçut enfin le pourquoi de l'arrêt : un feu rouge imposant son autorité, et quelques passants traversant la chaussée, poursuivant calmement leur chemin sur le trottoir adjacent.

Soudain, prise d'une impulsion désespérée, Jane se mit à crier et frapper la vitre avec une énergie renouvelée. Son cri perça l'air glacé, se dissipant en échos impuissants et inaudibles. Les poings s'abattant inlassablement contre le verre demeuraient sans effet sur cette barrière, froide et inflexible. Refusant de se résigner à une telle prison, elle tourna instinctivement son regard vers une petite trappe d'aération, située en haut de la fenêtre. Une lueur d'espoir naquit en elle, un salut possible par ce modeste passage.

Elle tendit la main, cherchant désespérément à ouvrir la trappe, mais elle semblait bloquée, gelée par le froid mordant. Refusant d'abandonner, Jane entreprit de frapper la vitre avec son téléphone portable, espérant ainsi attirer l'attention de rares âmes circulant encore sur les trottoirs désertés. Après un instant interminable, un passant finit par tourner la tête dans sa direction. Intrigué par ce vacarme inattendu, il s'approcha pour mieux comprendre l'origine de ce tumulte.

D'une main tremblante, Jane essuya frénétiquement la vitre, laissant ses doigts tracer les lettres "AIDEZ-MOI" à l'envers sur la surface embuée. En simultané, elle essayait de mimer sa situation de détresse à travers une gestuelle urgente et désordonnée, qui, bien que tendre à clarifier son désarroi, pouvait tout aussi bien la faire passer pour une égarée, démentielle.

Le passant observa la scène, sortit calmement son téléphone et, souriant, entama une conversation tout en reprenant son chemin sur le trottoir, indifférent à l'ampleur du désespoir de Jane. Alors que le bus se remettait en mouvement, l'ombre fuyante de ce dernier espoir se dissolvait dans l'indifférence glaciale de la ville.

Jane se retrouva de nouveau seule, emprisonnée dans cette cage de verre, abandonnée par un monde extérieur où chacun semblait avoir des préoccupations plus importantes et plus urgentes que les siennes.

Elle tenta de localiser le bouton d'ouverture de secours des portes et se précipita dessus. Après plusieurs pressions vives dessus elle devait se rendre à l'évidence : ce bouton n'était probablement plus relié à aucun circuit.

"Appuyez encore, Jane..." la nargua la voix dans un ricanement agaçant.

Prise d'une inspiration soudaine, tel un éclair d'espoir illuminant son esprit, Jane fouilla frénétiquement dans son sac. Ses doigts s'enroulèrent autour du trousseau de clés, symbole de liberté potentielle. Parmi les différentes clés, elle saisit la plus massive, la pressant fermement entre ses doigts tremblants d'anxiété. D'un geste appuyé, elle commença à tracer un sillon sur la vitre, tentant désespérément de s'accrocher à cet espoir fragile d'une issue.

La clé glissa à plusieurs reprises sur la surface humide de la vitre, les mouvements de sa main trahissant une frustration grandissante. Concentrée, Jane finit par ralentir ses gestes, appuyant de toutes ses forces sur le métal. Le bruit strident de la clé mordant la surface du verre résonna enfin, apportant une lueur de satisfaction dans ses yeux épuisés. Ce premier succès insuffla en elle une nouvelle énergie, et elle s'acharna avec acharnement, traçant et retraçant le même sillon, cherchant à creuser aussi profondément que possible.

Le bus continuait sa route imperturbable, sourd et indifférent à la bataille acharnée que menait Jane contre la vitre.

"Très bonne idée, Jane..." commenta la voix, comme si elle connaissait déjà l'issue de cette tentative.

Posant délicatement le trousseau de clés sur le siège adjacent, elle entama une série de coups précis et déterminés, ses paumes martelant avec vigueur le centre du cercle approximatif qu'elle avait tracé sur la vitre. Les vibrations se répercutaient le long de ses bras, mais elle persévérait, animée par l'espoir que chaque frappe rapprocherait un peu plus le moment où la vitre céderait, libérant ainsi ses chaînes imaginaires.

C'est alors qu'un élan de témérité et d'ingéniosité la saisit. Elle accentua la puissance de ses coups en utilisant les talons de ses bottes, frappant avec une énergie renouvelée. Elle se tenait en équilibre précaire sur un seul pied, s'agrippant fermement aux poignées des sièges environnants pour stabiliser ses mouvements. Son assaut infatigable se prolongea durant de longues minutes, lesquelles lui parurent des heures interminables gravées dans une temporalité distendue. Chaque impact résonnait dans tout son être, insufflant en elle l'illusion éphémère que la vitre vacillait sous l'assaut obstiné de ses coups.

"Frappez plus fort, Jane..." encourageait la voix dans un concert de grésillements.

Jane persévéra avec une détermination farouche, alternant de plus en plus vigoureusement les coups de ses mains et de ses pieds, ses cris d'effort résonnant tels ceux d'une joueuse de tennis en plein smash, et guidée par l'espoir indomptable de retrouver sa liberté. Ses mains douloureuses martelaient le verre, ses bottes frappaient avec une intensité croissante. Elle était devenue une force de la nature, une âme ardente en quête d'évasion, prête à tout pour briser les entraves qui la retenaient captive.

En plein cœur de ce combat solitaire, Jane ignorait encore si elle triompherait, si la vitre céderait finalement sous ses assauts. Mais cela n'avait que peu d'importance, car elle avait choisi de lutter, de résister à l'emprise du désespoir. Et dans ce moment crucial, elle découvrit en elle une force insoupçonnée, une flamme ardente qui brûlait dans son être, lui insufflant l'énergie nécessaire pour défier son destin.

À travers chaque coup porté, chaque frémissement de la vitre sous ses assauts, Jane forgeait en elle une identité nouvelle, celle d'une guerrière enragée à qui on ne volait pas sa liberté sans avertissement.

Malgré une lutte acharnée, elle finit par se laisser tomber sur le siège, épuisée, ses muscles tétanisés et ses réserves d'énergie épuisées. Elle contempla son bonnet, qui, par un incroyable coup du sort, s'était retrouvé accroché à la poignée du siège devant elle, comme une étoile filante ayant trouvé refuge dans une branche.

Dépitée et exténuée, Jane porta un dernier coup au cercle de la vitre, et sa main rebondit contre sa tempe droite. Il lui faudrait plus que la force d'une employée de bureau en furie pour abattre cette vitre. Elle était dégoûtée et emplie de colère, mais cette fois, sa fureur se tournait contre elle-même.

"Voici votre première instruction..." l'interphone venait de reprendre du service.

Jane se leva d'un bond précipité et se hâta avec ardeur vers l'appareil.

"Arrêtez vos conneries ! Je suis coincée dans ce bus et il roule tout seul. Sortez-moi d'ici tout de suite sinon j'appelle la police !" lança-t-elle, chaque consonne claquant avec vigueur contre sa langue et ses lèvres, amplifiant la menace dans ses paroles.

L'interphone répondit par une salve de grésillements.

"Vous avez du réseau ?" demanda la voix, faisant mine d'être intéressée par la réponse, dans un début de rire sarcastique.

Jane n'en revenait pas. À quelques heures seulement du réveillon de Noël, elle se trouvait prise en otage, piégée dans un vieux bus délabré, grinçant de toutes parts. Elle se demandait encore pourquoi, par quelle inexplicable imprudence, elle avait décidé de monter à bord de cet engin sans se méfier, et pourquoi le destin l'avait placée face à un inconnu qui s'amusait cruellement de sa situation à distance. Elle croyait avoir tout vu, tout vécu dans l'existence, mais cette mésaventure grotesque et exaspérante ajoutait, sans conteste, un chapitre spectaculaire au grand livre des étrangetés et des frustrations.

"Nous allons marquer un arrêt dans quatre minutes. Un homme va monter dans la cabine. Il sera blessé. Vous devrez le soigner..." demanda calmement la voix, comme si elle lisait quelque chose, dans un concert de grésillements.

Jane leva la tête et regarda l'interphone avec mépris. "Je n'ai rien compris !" lança-t-elle avec une pointe de provocation.

Le bus décrivait un virage à angle droit lorsque, sans prévenir, elle fut projetée contre la porte d'entrée. Sa tête heurta la vitre avec une violence inouïe avant qu'elle ne s'effondre, hébétée et endolorie. Un instant, elle demeura là, désorientée, tentant de reprendre ses esprits. Ses coudes avaient douloureusement rencontré les parois métalliques, tandis que son coccyx avait absorbé tout le poids de sa chute, l'enfonçant encore plus dans une grimace de douleur.

"Trois minutes..." informa la voix.

Un homme blessé... Cette affaire devenait de plus en plus sinistre. Que pouvait bien faire un homme blessé dans ce bus en perdition vers le crépuscule du monde ? La seule préoccupation véritable de Jane était de se positionner au mieux devant la porte, prête à bondir dehors, quitte à renverser le blessé au passage. Quand il s'agissait de sauver sa propre vie, l'instinct primordial n'était pas nécessairement de porter secours à autrui. Elle se redressa en s'appuyant sur tout ce qui se trouvait à portée, se frayant un chemin avec détermination. Une fois en place, elle fixa intensément les formes indistinctes qu'elle devinait sur le trottoir à travers la vitre embuée des portes. Son regard perçant scrutait chaque ombre, chaque silhouette, prête à réagir au moindre signal.

" Deux minutes..." informa la voix mélangée à un craquement.

Jane élaborait son plan avec une précision méticuleuse, visualisant chaque geste d'évasion et leur enchaînement complexe, telle une aviatrice chevronnée avant son vol. Totalement absorbée par sa concentration, son regard croisa à plusieurs reprises celui de son bonnet accroché à la poignée. Néanmoins, elle ne laissait pas cette diversion la détourner de son objectif principal. Pourtant, quelque chose d'insistamment captivant la poussa à le fixer de nouveau. Ce bonnet, résistant stoïquement malgré les remous, paraissait tel un petit animal fidèle, délaissé en bordure de route par une maîtresse négligente.

"Une minute..."

Dans un élan de tendresse inattendu, Jane s'avança avec détermination vers le bonnet abandonné. En quelques pas seulement, elle l'atteignit, le décrocha de la poignée et le souleva au-dessus de sa tête, tel un trésor inestimable arraché aux griffes de l'oubli. Sa fierté semblait démesurée, comme si elle venait de sauver la vie d'un enfant. Le bonnet reprit aussitôt sa place légitime sur son crâne, comme s'il avait toujours attendu ce moment. Son visage apaisé et ses yeux clos laissaient entrevoir un sourire de satisfaction profonde. Comment pouvait-on s'attacher à un simple morceau de laine aux motifs si disgracieux ? Pourtant, en cet instant précis, ce bonnet semblait incarner toute la chaleur et la sécurité du monde.

"Trente secondes..." indiqua la voix.

Elle retourna devant la porte avec une certaine aisance. Elle commençait à maîtriser l'art de se mouvoir dans cet espace restreint et mouvant sans le soutien du mobilier.

Le moteur changea de régime avant que le bus ne freine jusqu'à s'arrêter complètement. Jane ne prit pas la peine d'essuyer la vitre de la porte pour tenter d'apercevoir l'extérieur. Elle se tenait prête, tous ses muscles tendus, prête à canaliser toute sa force pour se projeter à l'extérieur.

L'interphone grésilla longuement, comme si une voix allait se faire entendre à tout moment, mais rien ne vint troubler la concentration intense de Jane.

Le sifflement de la pression pneumatique retentit et les portes s'ouvrirent devant elle, laissant pénétrer un souffle glacé et quelques flocons de neige dans le bus. Cet air frais lui fit un bien fou et marqua le signal de départ de sa fuite effrénée.

Jane traversa la porte béante comme catapultée. Elle roula sur le bitume couvert d'une fine couche de neige qui s'accrochait par endroits à son visage. À terre, elle regardait le bus, sa porte encore ouverte, réalisant qu'elle venait de s'échapper bien plus facilement qu'elle ne l'avait imaginé.

La nuit de Noël enveloppait la petite rue déserte d'un charme mystérieux. Des lumières chatoyantes scintillaient au-dessus des trottoirs déserts, illuminant les façades pittoresques des maisons aux fenêtres éclairées.

Des flocons de neige dansaient dans l'air, descendant doucement du ciel, créant un paysage féerique. Chaque flocon unique reflétait les lumières colorées environnantes, ajoutant une lueur douce et éthérée à la scène. Le silence propre à la neige enveloppait la rue, étouffant les bruits urbains habituels, ne laissant place qu'à un calme apaisant.

Les réverbères, habillés de guirlandes lumineuses aux couleurs festives, projetaient des ombres délicates sur le sol immaculé. Leurs lumières tamisées diffusaient une ambiance chaleureuse et invitante, créant une atmosphère de paix et de sérénité. Les rares arbres qui bordaient la rue semblaient figés dans le temps, leurs branches délicatement nappées de neige paraissant veiller sur cette scène de Noël avec une grâce tranquille.

Le silence n'était interrompu que par le doux froissement des flocons de neige en touchant le sol, créant une symphonie délicate et presque imperceptible. Les pas d'une passante solitaire au loin, enveloppée dans un manteau chaud, résonnaient dans cet univers figé.

Jane glissa quelque peu sur place mais parvint à se redresser. Elle se mit à courir de toutes ses forces, scrutant les environs, en direction de cette femme.

"Madame ! Madame, aidez-moi !" s'écria-t-elle en s'approchant.

À l'instant où la femme tournait au bout du trottoir, disparaissant dans la rue adjacente, Jane ressentit une douleur foudroyante à l'arrière du crâne. Puis, ce fut le néant.

Elle venait de s'effondrer au sol.

L'homme blessé

Jane était dans son lit, confortablement installée dans la pénombre rassurante de sa chambre, une télécommande d'une main et une tablette de chocolat de l'autre. Elle savourait enfin un repos bien mérité, loin du stress et des frustrations de la vie quotidienne.

Soudainement arrachée de sa rêverie réconfortante, elle fut projetée dans une réalité abrupte qui défiait toute logique. Les sensations de confort et de quiétude qui l'enveloppaient quelques instants auparavant s'évanouirent comme une illusion fragile, remplacées par une violence inattendue et une confusion oppressante.

Des gifles, assénées par une main brutale dont la puissance semblait venir d'un monde parallèle, secouaient Jane avec une intensité déconcertante. Sa tête tournait à chaque impact, réveillant une douleur sourde qui persistait à l'arrière de son crâne, tel un rappel cruel de sa vulnérabilité.

Dans un élan de rébellion, Jane se débattit énergiquement, ses bras et ses jambes s'agitant dans une lutte désespérée pour se libérer de l'emprise de son agresseur. Des mots de colère jaillirent de ses lèvres, projetant sa frustration et sa détresse dans l'atmosphère confinée du bus.

"Arrêtez, merde !" cria Jane en se débattant.

Peu à peu, ses yeux s'ouvrirent à demi, dévoilant un homme. Sa stature dominante évoquait une présence menaçante. Il tenait son visage entre ses mains, comme on le ferait avec un enfant désorienté. Son autre main, couverte de sang, maculait son ventre meurtri et se crispait instinctivement pour se protéger.

Un torrent d'émotions submergea Jane, allant de la peur à la colère, en passant par la compassion. Elle se redressa avec fureur, repoussant violemment l'inconnu qui, déséquilibré, termina sa course au sol. La réalité la frappa alors de plein fouet : elle était toujours à bord du bus, se déplaçant inexorablement vers une destination inconnue.

"Bonjour, Jane... Soignez-le..." demanda la voix dans l'interphone.

Elle bondit autant par surprise que d'agacement. Elle ne supportait plus cette voix et son ton arrogant.

L'homme blessé, vêtu d'un costume élégant et d'une chemise blanche maintenant souillée par le flot de sang écarlate jailli de son ventre, se tenait péniblement, sa main tremblante pressant la plaie béante. Son visage, marqué par la douleur et la détresse, était tourné vers Jane avec un regard empreint de supplication, implorant sa pitié.

Les traits de l'homme, déformés par la souffrance, trahissaient une perte de sang visiblement alarmante. Ses yeux révélaient le désespoir de trouver une lueur d'humanité en Jane, au-delà de l'horreur de la situation.

Les lambeaux de tissu de son costume froissé se mêlaient au sang, conférant à sa silhouette autrefois impeccable une apparence déconcertante. Son corps affaibli oscillait entre une posture de défense et une fragilité palpable, sa vie suspendue à un fil.

La détresse qui émanait de lui était une supplique silencieuse, une requête à peine audible pour un peu de réconfort et d'empathie. Jane ne pouvait plus quitter ses yeux devenus vitreux qui imploraient.

La vision de cet homme blessé, dans son costume élégant et immaculé, était une juxtaposition troublante de la fragilité humaine et de la dignité perdue. Alors que la vie s'échappait lentement de ses veines, il cherchait dans le regard de Jane une forme de miracle.

Devait-elle céder à l'indifférence et tout tenter pour s'extirper de cette situation qui commençait sérieusement à l'énerver ? Ou devait-elle écouter la voix de compassion qui résonnait en elle et répondre à l'appel de l'interphone ?

Dans cet instant fugace, Jane se trouvait à la croisée des chemins. Elle sentait bien qu'apporter son aide constituait une acceptation de la situation, alors qu'elle ne l'acceptait pas du tout. Sentant la douleur pulsatile à l'arrière de son crâne, et plantée sur ses deux jambes devant lui comme une tour de marbre, elle demanda :

"C'est vous qui m'avez assommée ?"

La main qu'il avait sur son ventre se relâcha et ses yeux se refermèrent. C'était la seule réponse que Jane obtiendrait.

"Soignez-le... maintenant..." grésilla la voix puissante.

"Mais le soigner comment ? Je ne suis ni infirmière, ni médecin !" vociféra-t-elle en direction de l'interphone.

"Ouvrez la mallette, et suivez les instructions sur les écrans..." ordonna la voix.

Stupéfaite, Jane réalisa qu'elle avait complètement ignoré cette mallette, elle aussi tachée de sang, posée à côté du corps de l'homme blessé. Cette mallette était une apparition pour elle. Agenouillée, elle ouvrit les deux fermetures éclair et découvrit tout un attirail d'outils destinés à la chirurgie. Surprise par le son très fort des haut-parleurs, elle leva les yeux vers les écrans du bus et contempla longuement une vidéo expliquant étape par étape comment traiter une blessure à l'abdomen. La vidéo était claire et détaillée. Il ne lui restait qu'à utiliser chacun des outils présents dans la mallette, soigneusement numérotés pour correspondre à ceux de la vidéo. Le bus s'immobilisa alors qu'elle enfilait des gants, un masque et une blouse après avoir défait son manteau et son bonnet.

Elle devait nettoyer l'abdomen, aspirer le sang, injecter des produits dans un ordre bien précis, désinfecter la plaie, et intervenir jusqu'à le recoudre avec un petit outil qu'elle trouvait incroyablement ingénieux, presque enfantin à utiliser.

Tout en suivant les instructions avec application, elle réfléchissait à comment elle pourrait détourner l'usage de chacun de ces outils à son avantage pour tenter de fuir ce bloc opératoire improvisé sur roues. Par moments, elle pouffait de rire en repensant à l'absurdité de la situation. Elle s'imaginait la tête des policiers ou de sa mère quand elle leur raconterait cette histoire à dormir debout. Cela lui fit penser qu'à moins de preuves concrètes, personne ne la croirait. À mesure qu'elle réalisait les manipulations, elle commença à prendre régulièrement des photos et des selfies. À chaque fois, elle soignait aussi la qualité du cadrage pour s'assurer que tous les éléments utiles figuraient dans l'image capturée.

Le type derrière l'interphone devait vraiment la prendre pour une idiote. Il observait sans doute chacun de ses gestes depuis le début grâce aux multiples caméras embarquées dans la cabine du bus. Elle se moquait aussi d'elle-même. Avec pareille vivacité d'esprit, elle ferait un excellent détective privé.

Pourtant c'était bien sur ce terrain-là qu'elle avait envie de progresser. Un bus, hors d'état, qui n'appartenait sans doute pas aux transports publics de la ville, et qui vagabondait tout seul, sans doute télécommandé par ce taré de l'interphone, et maintenant cet homme à demi-mourant qu'elle tentait de maintenir de ce côté de la vie... Non, vraiment, comment ne pas entrer dans la peau d'un chat piqué d'une curiosité soudain sans bornes ?

Elle ricana nerveusement, remontant dans sa bouche un petit filet de bave qui s'était échappé sur le coin de ses lèvres. Car, bizarrement, la peur qui lui nouait le ventre s'était progressivement estompée pour faire place à une pulsion de vengeance. Cela ne lui ressemblait pas du tout, la vengeance. Mais tout son corps la réclamait à présent. Elle voulait un exutoire pour toutes ses frustrations accumulées en silence au fil des jours.

La vidéo s'arrêta et les écrans du bus affichèrent de nouveau les indications d'un trajet qui n'était plus respecté depuis bientôt une heure.

"Bon travail..." félicita la voix.

Jane sourit, malgré elle. Son dos était brisé et ses épaules tétanisées par l'effort dans cette position douloureuse. Elle aurait préféré une récompense plus tangible. La voix semblait lire dans ses pensées.

"Une récompense vous attend dans la petite pochette de la mallette..." indiqua la voix.

Intriguée, Jane glissa un doigt dans cette petite poche qu'elle n'avait pas utilisée jusqu'ici. Elle sentit quelque chose au fond, mais ne parvint pas à l'attraper facilement. Elle saisit une des longues paires de ciseaux et les plongea dans la poche. Elle en ressortit un bonbon en sucre d'orge, de cette forme typique de manche de parapluie zébré de rouge et de blanc, parfaitement emballé dans son papier luisant et sonore à la manipulation. Elle observa cette friandise de saison et ne put bientôt plus retenir un fou rire explosif qui se prolongea pendant plusieurs dizaines de secondes, jusqu'aux larmes. Un bonbon, voilà tout ce qu'elle méritait.

"Ça suffit maintenant. Assez joué, monsieur l'interphone. Vous allez me laisser descendre de ce bus de merde. Sinon..." menaça-t-elle en appuyant cette fois la paire de ciseaux pointus sur le cœur de l'homme qu'elle venait d'opérer.

"Sinon quoi, Jane ? Vous allez appeler la police, peut-être ?" ricana la voix en ajoutant un effet d'écho pour accentuer sa moquerie.

"Si vous voulez qu'il vive, vous me laissez descendre. Tout de suite !" ordonna-t-elle avec une fermeté qui la surprit elle-même.

"Il n'y a pas d'issue, Jane..." dit la voix d'un ton calme.

Le bus redémarra et reprit sa route.

Un sentiment d'absurdité s'empara de Jane alors qu'elle tenait ces ciseaux au-dessus du cœur de l'homme blessé, toujours inconscient. Elle se sentait comme une marionnette maladroite, manipulant un outil tranchant sans savoir quel dessein lugubre lui était réservé. Le type de l'interphone, quant à lui, avait depuis longtemps compris que Jane n'oserait jamais passer à l'acte. Contrairement à lui, elle était enchaînée aux conventions sociales. Ses instincts, son esprit, tout en elle avait été façonné pour obéir servilement aux normes établies.

Arrivée à cette frontière psychologique délicate, Jane ressentait, plus qu'elle ne comprenait, la violence déshumanisante qui l'attendait de l'autre côté. C'était une force trop grande pour elle. Elle n'osait pas l'affronter. La simple idée de briser cette barrière qui la définissait et de se transformer en criminelle ébranlait les fondements mêmes de sa raison. La conscience de cet interdit lui étreignait l'âme, s'immisçant dans chaque fibre de son être. C'était hors de portée pour elle.

Elle détestait les dilemmes en général, et celui-ci en particulier : piégée entre l'obéissance aux règles établies et la tentation de transgresser ses limites pour agir selon sa propre volonté et se sauver au mépris de l'autre, quelles qu'en soient les conséquences.

C'était bien là que résidait ce défi : la peur des conséquences.

La peur.

Les normes, telles des chaînes invisibles, l'emprisonnaient encore une fois dans un état de conformité oppressant. Elle reposa les ciseaux et les remit bien délicatement à leur place.

Sans même avoir besoin de le dire, le type de l'interphone avait raison : elle bluffait très mal.

LE BUS DE LA PEUR

Le sucre d'orge

Vaincue, Jane serrait entre ses doigts tremblants la tige du sucre d'orge, faisant tournoyer sa partie courbée en forme de cane. L'absurde s'était immiscé dans sa vie avec une brutalité inattendue, sans crier gare.

Perdue, noyée dans la confusion, elle ressentait un besoin désespéré de réconfort. À ce moment précis, en observant le sucre d'orge s'agiter devant elle, un seul visage hantait ses pensées : celui de Lisa, sa mère. Elle aurait souhaité que ses bras maternels l'enveloppent d'une affection rassurante, que cette étreinte efface ses angoisses et transforme ce chaos en un simple cauchemar dont elle se réveillerait bientôt. Mais aucun souvenir d'une telle étreinte ne lui vint en mémoire. Lisa ne l'avait jamais serrée contre elle plus de deux secondes, et cette réalité la frappa de plein fouet. Jane prenait conscience de la douleur silencieuse qu'elle portait en elle depuis toujours. Elle n'était pas orpheline de sa mère, mais bien orpheline de son affection, peut-être même de son amour.

Même si elle n'était pas encore mère elle-même, Jane savait instinctivement que l'affection maternelle était la seule véritable richesse dont un enfant avait besoin. Tout le reste n'était que décor dans le théâtre de la vie. L'amour maternel était comme le cœur d'une étoile pour un enfant, c'était sa source de vie.

Des larmes amères tombèrent sur le sucre d'orge, empreintes de regrets. Peut-être aurait-elle dû simplement dire : "Maman, j'ai besoin de ton affection." Juste cela. Peut-être aurait-elle pu alors trouver la paix, et sa vie aurait pris une autre tournure. Peut-être serait-elle elle-même mère aujourd'hui, au lieu de s'épuiser à se convaincre qu'elle n'en avait pas besoin.

En l'absence de tendresse et de réconfort, le sucre d'orge la plongea dans le passé, en particulier ce soir de Noël qui restait ancré en elle.

Ce soir-là, une tristesse silencieuse planait dans l'air. La pièce était baignée dans une douce lueur dorée provenant des guirlandes lumineuses enroulées autour d'un sapin majestueux, dressé fièrement.

Le parfum enivrant de la résine embaumait l'air, tandis que les boules scintillantes et les étoiles suspendues renvoyaient une lumière féerique. Jane avait activement participé à la décoration de cet arbre de Noël, et en ressentait une fierté indescriptible.

Lisa, vêtue d'une robe sombre et austère, vagabondait comme une ombre dans la maison. Jane, elle, arborait une robe à carreaux rouges et blancs, un damier champêtre qui, ce soir-là, lui faisait apprécier la magie de Noël.

Assise devant le sapin, Jane contemplait son œuvre avec une joie sereine. Les cadeaux n'étaient pas encore arrivés, elle les découvrirait au matin, mais son impatience bouillonnait en elle à l'idée des multiples jeux qu'elle inventerait avec les présents tant souhaité. Soudain, un sentiment d'incompréhension l'envahit lorsqu'elle sentit le poids d'un gros sachet de bonbons multicolores sur ses genoux. Lisa en profita pour murmurer : "Le Père Noël n'a pas eu le temps de trouver ton cadeau, ma chérie. Il a dit qu'il ne pourrait pas passer cette nuit et il a laissé ça à la place", puis elle s'éloigna en silence.

Jane tenait ce sachet comme une bouée dans une mer de sucreries, mais même la douceur sucrée de ces friandises ne pouvait effacer l'amertume de ce moment. Le silence régnait dans la pièce, seulement troublé par sa respiration étouffée. Son regard se perdait dans les lumières vacillantes du sapin, et ses larmes menaçaient de couler. La douleur d'une attente déçue et la tristesse d'un Noël sans magie marquèrent ce souvenir comme une cicatrice invisible sur son cœur.

Depuis cette nuit, Jane portait en elle cette blessure ouverte. Lisa avait brisé ce moment magique en un instant. Et ainsi, l'histoire se répétait pour Jane. L'univers tout entier croyait qu'elle adorait les bonbons, ignorant la vérité plus amère qui se cachait sous cette apparence sucrée.

La rose bleue

"Bonjour, Jane... Inutile de tenter de m'enregistrer. Je vous vois...", déclara la voix avec une pointe de moquerie.

"Je ne vous enregistre pas", répliqua Jane en rangeant son téléphone d'un geste rapide.

"Même si ce bus est dépassé, le système de surveillance possède un zoom..."

Elle leva les yeux, scrutant les petites ouvertures dissimulant les caméras.

"Inutile de chercher à boucher les caméras, Jane. Je vous verrai quand même...", poursuivit la voix, anticipant avec une précision inquiétante les intentions de Jane.

"Qui êtes-vous ?" demanda-t-elle, sans réelle conviction, plus pour gagner du temps que par espoir d'une réponse.

La voix marqua une pause, laissant place à un crépitement statique. "Cela n'a aucune importance pour vous. Si vous suivez mes instructions, vous resterez en vie."

Les derniers mots résonnèrent en Jane comme une sombre promesse. Elle prit la menace très au sérieux, consciente du danger. Cependant, une intuition étrange lui murmurait que cet individu n'avait pas l'intention de lui nuire immédiatement, du moins pas avant d'avoir accompli son sombre dessein avec ce bus. Pour l'instant, il semblait ouvert à la discussion. Jane décida de tirer parti de cette possibilité pour en apprendre davantage.

"On se connaît ?" interrogea-t-elle, espérant susciter une réaction.

L'interphone demeura silencieux.

"Je sais que je ne suis pas ici par hasard", tenta-t-elle pour pousser la voix à se dévoiler davantage.

Le silence persista.

"Je sais que vous avez besoin de moi. Vous saviez que j'obéirais à vos instructions...", ajouta-t-elle, cherchant à provoquer son interlocuteur.

La voix resta muette quelques instants, avant de reprendre de manière surprenante.

"J'ai envie de vous voir nue, Jane..." murmura-t-elle, rendant la compréhension difficile à cause de la déformation sonore.

"QUOI ?" s'écria Jane, incertaine d'avoir bien entendu.

"J'ai envie de vous voir nue, Jane..." répéta la voix, maintenant sans équivoque.

C'était la première fois qu'elle se trouvait à la merci d'un kidnappeur, mais elle n'était pas étrangère à ces moments glauques où les pulsions sexuelles prenaient le dessus sur la raison. Son ravisseur n'était pas exception à cette règle sordide.

"Vous me trouvez séduisante alors ?" demanda-t-elle en forçant un sourire, tentant de cacher son dégoût.

Une nouvelle salve de grésillements parcourut l'interphone, le menaçant de se détacher de son socle.

"Très..." répondit la voix.

Jane se sentait flattée, mais surtout peinée et lassée de n'attirer à elle que des hommes à problèmes. Elle devait forcément avoir quelque chose en elle qui leur faisait croire qu'ils avaient une chance. Peut-être sa gentillesse ? Malgré une misanthropie certaine, elle restait cette fille souriante et serviable avec les autres. L'ennui, c'est que pour beaucoup de types peu subtils, un sourire signifiait souvent : "J'ai envie de coucher, prends-moi". Elle décida de jouer son jeu, espérant lui faire lâcher un indice qui l'aiderait à l'identifier. Car elle savait une chose : quand les hommes parlent de sexe, ils perdent souvent leurs facultés mentales. Pourtant, elle était loin d'imaginer l'issue de cette conversation.

"Dommage que vous ne puissiez me voir que par ces caméras, n'est-ce pas ?"

Un souffle déformé résonna à travers l'interphone.

"Vous ne pourriez même pas effleurer la douceur de ma peau nue..." continua-t-elle, mimant quelques gestes sensuels avec sa main parcourant les courbes de son corps.

"...vous seriez impuissant, tel un client devant sa camgirl !" ajouta-t-elle, augmentant encore d'un cran la provocation pour pousser son ravisseur à l'erreur. "Et je mérite une meilleure récompense que ce vulgaire bonbon. Vous ne trouvez pas ?"

"Vous êtes drôle, Jane..."

"Jolie et drôle... si seulement tous les hommes pouvaient voir cette réalité avec autant de clarté que vous !" plaisanta-t-elle, tentant de maintenir le fil de la conversation.

"Nous avons assez discuté, Jane... vos prochaines instructions arrivent bientôt...", informa la voix, dont le ton atteignait les limites de la saturation.

Jane fixa une des caméras pendant quelques secondes, puis commença à défiler ses vêtements.

"Que faites-vous, Jane ?" demanda la voix, surprise et contrariée.

"Vous le voyez bien, n'est-ce pas ? Je me déshabille."

"Arrêtez immédiatement..." ordonna la voix, soudain plus autoritaire.

"Vous ne voulez pas voir le petit tatouage que j'ai en haut des fesses ?" proposa-t-elle, feignant l'espièglerie.

"Inutile, Jane... C'est une rose bleue..."

Jane recula, effrayée.

LE BUS DE LA PEUR

Les deux adolescents

Les hurlements stridents à l'extérieur du bus interrompirent brusquement les pensées de Jane, alors que le véhicule venait à peine de s'arrêter. D'un geste fébrile, elle essuya la vitre embuée d'un revers de manche, cherchant désespérément à discerner l'origine des cris. Les vitres restaient toutefois trop opaques pour lui permettre de voir autre chose que des formes indistinctes.

Soudain, son regard se figea lorsqu'elle aperçut ce qui semblait être deux silhouettes d'adolescents. Ils s'accrochaient désespérément aux portières du bus, l'un à l'avant, l'autre au milieu, leur agilité se manifestant dans une lutte acharnée pour se mettre à l'abri.

Sans hésiter, Jane se précipita vers la porte la plus proche pour leur porter secours. Elle agrippa fermement la poignée et tira de toutes ses forces, se battant contre la résistance implacable du verrouillage. Tandis qu'elle tirait vers l'intérieur, les adolescents poussaient de l'extérieur, redoublant d'efforts avec une force toujours croissante.

"Accrochez-vous !" lança-t-elle d'une voix énergique, cherchant à les encourager.

Ses muscles se tendirent à l'extrême alors qu'elle concentrait toute son énergie dans une tentative désespérée pour ouvrir la porte obstinément fermée. Leurs regards se croisèrent brièvement dans l'interstice en caoutchouc de la double porte, insufflant à Jane une détermination renouvelée. Avec un dernier effort titanesque, elle parvint à l'ouvrir partiellement, suffisamment pour permettre aux deux jeunes de se glisser à l'intérieur du bus, l'un après l'autre.

"Dépêchez-vous, il va redémarrer !" cria-t-elle, voyant en ces renforts inespérés une chance d'échapper à sa captivité.

Un soulagement immense envahit Jane lorsqu'elle accueillit les deux adolescents, les serrant brièvement contre elle dans une accolade de bienvenue qu'ils acceptèrent sans hésiter.

"Ne paniquez pas, madame, on va vous aider" expliqua l'un des jeunes, son visage illuminé par un sourire satisfait.

Les portes du bus se refermèrent bruyamment, emprisonnant de nouveau les passagers à l'intérieur.

"Ne jouez pas avec mes nerfs, Jane, vous pourriez le regretter..." menaça la voix, glaciale.

"C'est qui ça ?" demanda Lucas, tendant l'oreille.

"T'inquiète, c'est le DJ !" répliqua Louis avec une pointe de malice. "Moi, c'est Louis, et lui c'est Lucas" se présenta-t-il avec assurance.

Louis et Lucas étaient deux adolescents proches de la majorité, vêtus de tenues décontractées typiques de leur âge. Lucas, avec ses cheveux bruns ébouriffés, portait un sweat à capuche noir et un jean délavé, une légère inquiétude brillant dans ses yeux. À ses côtés, Louis, plus grand, arborait une crinière blonde en désordre dissimulée sous une casquette qu'il venait de replacer après l'avoir sortie de sa poche. Il portait une veste matelassée bleu marine et un pantalon en toile, ses yeux curieux scrutant leur entourage avec vigilance.

"Enchantée, je suis Jane" se présenta-t-elle brièvement, avant de leur narrer en hâte tout ce qu'elle venait de vivre. Les deux jeunes échangèrent des regards incrédules en découvrant le corps d'un homme blessé, étendu inconscient.

"C'est qui ?" demanda Louis.

"Je ne sais pas. Utilisez vos téléphones pour appeler les secours !" chuchota Jane avec urgence, observant le bus reprendre sa route.

"On a déjà appelé, madame. Votre bus est en tendance sur les réseaux sociaux. Lucas et moi, on voulait le voir en vrai..." expliqua Louis, la fierté scintillant dans ses yeux d'avoir pénétré dans l'antre du vilain qui semblait apporter une agitation inédite à cette ville, d'ordinaire si monotone à son goût.

"Vous voulez des selfies ? C'est ça ?" plaisanta Jane, bien que l'envie de plaisanter lui manquait cruellement.

"Oui, ça vous dérange pas ?" demanda Lucas avec un sourire espiègle.

"Plus tard, plus tard. Appelez encore une fois. Je dois donner tous les détails à la police !" les pressa-t-elle, agitée.

Louis sortit son téléphone avec précipitation, mais la déception ne tarda pas à le saisir.

"Ah, pas de réseau, pas de wifi, putain !" s'exclama-t-il, désemparé, avant de demander à Lucas de tenter sa chance avec le sien.

"Rien non plus", confirma Lucas, démuni. L'absence de réseau commença à peser sur lui, et il sentait déjà que l'enfermement à bord du bus grignotait son capital de confiance.

"Je peux vous prêter un téléphone, pour dépanner…" s'infiltra une voix narquoise, accompagnée des grésillements habituels auxquels Jane ne prêtait plus attention.

"C'est insupportable ce bruit ! C'est lui, le fou ?" interrogea Louis.

Jane acquiesça en silence, confirmant ainsi les soupçons de Louis quant à la nature tourmentée de leur assaillant.

"Ce n'est pas grave," reprit-il en fouillant frénétiquement le sol. "Il suffit d'ouvrir la trappe de secours !"

"D'après internet, sur ce modèle de bus, elle se trouve toujours à l'arrière. Il faut appuyer sur le bouton juste à côté de la trappe," expliqua Lucas.

"QUOI ?" s'énerva Jane. "UNE TRAPPE ?" Elle se donna une tape sur le front, exaspérée par sa propre inattention. "Mais comment ai-je pu être aussi idiote ! Une trappe, bordel !"

Louis s'approcha d'elle pour la rassurer, posant une main apaisante sur son épaule.

"Lucas et moi, on va vérifier. Reste ici, madame. On doit aussi arrêter le bus pour sortir," ajouta-t-il avec assurance.

Jane resta figée sur place, interdite. Elle pouvait presque imaginer le ravisseur se délecter du spectacle d'une femme ayant ignoré une solution aussi évidente.

"Trappe ouverte !" cria soudain Louis depuis le fond du bus, tandis que Lucas, triomphant, faisait un signe de victoire et immortalisait l'instant par un selfie, la trappe clairement visible en arrière-plan.

Louis attirait le couvercle de la trappe vers lui, mais un soudain soubresaut du bus le délogea violemment. Projetés ensemble, lui et Lucas s'écrasèrent contre les sièges avant de s'effondrer au sol. Jane accourut immédiatement.

"Merde... Qu'est-ce que c'était que ça ?" grogna Louis, crachant du sang de sa lèvre fendue.

"Lucas ! Ça va ?" demanda Jane en aidant le jeune homme à se relever. Une de ses incisives inférieures avait été sectionnée lors de l'impact, et sa bouche était ensanglantée.

"Tenez-vous fermement et suivez-moi. Je vais m'occuper de ça," proposa-t-elle, se dirigeant d'un pas rapide vers sa mallette tout en faisant un inventaire mental de son contenu.

Elle soigna les deux adolescents tour à tour, nettoyant méticuleusement leurs blessures et appliquant des soins adaptés. Tandis qu'elle pansait la lèvre fendue de Louis, elle remarqua que les jeunes semblaient apprécier cette séance d'infirmerie improvisée.

"Ça va mieux maintenant," murmura Jane, en étalant délicatement une pommade cicatrisante sur la lèvre de Louis. Elle enroula ensuite prudemment un bandage autour de la plaie.

Louis la regarda avec gratitude. "C'est étrange... On dirait une séance d'ASMR. Ta voix douce, le toucher apaisant... c'est relaxant."

Un léger sourire se dessina sur le visage de Jane, touchée par ce compliment inattendu. "Je suis heureuse de pouvoir t'apporter un peu de réconfort. L'important, c'est que vous alliez mieux."

Lucas, en attendant son tour, acquiesça vivement. "Oui, c'est vrai ! C'est comme si tous nos soucis disparaissaient un instant pendant que tu nous soignes. On se sent en sécurité avec toi."

Jane, émue par leurs paroles sincères, poursuivit ses soins avec dévouement, accordant une attention particulière à chacun de ses gestes. L'atmosphère devenait étrangement paisible, bercée par le ronronnement du moteur.

Alors qu'elle achevait de soigner Lucas, elle prit une pause pour observer les deux adolescents. Leurs regards étaient empreints de gratitude et de confiance. Une connexion singulière s'était établie entre eux dans cette infirmerie improvisée.

"Je suis contente de pouvoir vous aider," dit-elle doucement. "On va sortir d'ici ensemble. On est une équipe maintenant."

Louis et Lucas hochèrent la tête en signe d'approbation. Jane accepta même de faire les selfies qu'ils voulaient, regrettant seulement de ne pas pouvoir les poster immédiatement.

Soudain, le téléphone de Louis sonna, rompant la tranquillité qui régnait. Les membres de cette nouvelle équipe se regardèrent, abasourdis par cette intrusion inattendue.

"Décroche !" demanda Jane, remplie d'espoir, tandis que Lucas sortait son propre téléphone et qu'elle fouillait frénétiquement le sol pour récupérer le sien échoué entre les sièges.

"Numéro masqué...," dit Louis, surpris, en portant l'appareil à son oreille. "Putain ! C'est le DJ !" s'écria-t-il après avoir coupé le micro, un soupçon de perplexité dans la voix. "Il dit que si on appelle n'importe qui, il écrase le bus..."

"On s'en fout. Il ne le fera pas. Son bordel a une panne. Il a besoin de moi. Il faut faire vite !" résuma Jane de la manière la plus concise possible tout en composant le numéro de la police sur son téléphone.

La tension monta rapidement alors que Jane attendait que l'appel aboutisse. "Garde-le en ligne, parle-lui !" murmura-t-elle à Louis. Elle comprit en une seconde qu'il fallait profiter de ce retour de réseau pour localiser l'appel. Les secondes s'étiraient, l'angoisse grandissant dans l'air confiné du bus. Finalement, une voix policière répondit, prête à écouter leur récit.

Jane décrivit rapidement la situation à voix basse. Elle cacha sa bouche avec une main, expliquant que le ravisseur était en ligne sur un autre téléphone que Louis lui mima. Elle suggéra que le brouilleur utilisé par l'assaillant était probablement en panne. Le policier confirma qu'il fallait maintenir le suspect en ligne le plus longtemps possible et rester en communication sur cette seconde ligne.

Jane prit le téléphone de Louis et lui rendit le sien pour qu'il reste en contact avec la police. Elle s'élança alors dans une tirade provocante destinée à maintenir l'accroche avec la voix.

"Alors, comme ça, votre joujou est cassé ?" défia-t-elle d'un ton imperturbable.

Louis, amusé, lui faisait de grands signes pour qu'elle coupe le micro.

Jane lui adressa une grimace désolée qui amusa encore plus Louis, renforçant leur complicité. "Alors comme ça, votre joujou est cassé ?" répéta-t-elle.

"Qu'est-ce que tu as fait, petite salope ?" insulta la voix, désormais furieuse.

"Puisqu'on en est aux compliments, va te faire foutre, espèce de merde ! Tu entends ça ? Je te pourfends ton petit trou du cul jusqu'à l'éclater et le faire saigner !" hurla Jane de toutes ses forces.

Louis et Lucas ouvrirent grand les yeux, choqués comme s'ils venaient de tomber sur une vidéo pornographique non sollicitée. Ils échangèrent des regards déconcertés, incapables de saisir la réalité de la situation.

"Les plans ont changé, Jane... tu vas mourir..." ricana la voix avant de raccrocher.

Jane et Louis échangèrent de nouveau leurs téléphones.

"Vous l'avez ?" interrogea-t-elle, inquiète.

Le policier lui demanda de patienter quelques secondes, tandis que Louis et Lucas postaient leurs photos.

"Vous l'avez ?" insista Jane, en proie à une nervosité de plus en plus palpable.

Le policier exigea encore quelques instants pour compléter les vérifications. Puis enfin, il reprit la parole, faisant monter la tension à bord du bus comme jamais.

"Jane, faites très attention : l'appel vient du bus..." déclara le policier d'une voix grave et teintée d'une inquiétude palpable.

Louis et Lucas observèrent Jane se décomposer devant eux, tremblante comme une feuille exposée à une tempête. La peur s'était emparée d'elle, ses gestes étaient saccadés, sa respiration saccadée et rapide. La terreur se lisait clairement sur son visage livide.

"Il est dans le bus... " murmura-t-elle, ses yeux cherchant désespérément le réconfort et le soutien de ses compagnons.

Éberlués par cette révélation, Jane, Louis et Lucas balayèrent du regard l'intérieur du bus, s'attendant à tout instant à voir surgir l'homme à la voix menaçante. Pour ajouter à l'angoisse, leurs regards se figèrent sur le corps inanimé d'un homme blessé, gisant inconscient.

Les murmures incompréhensibles se mêlèrent aux bruits étranges qui résonnaient maintenant dans la cabine du bus. Ces sons inquiétants se faisaient de plus en plus forts, saturant l'air d'une atmosphère sinistre alors que le bus accélérait. Leurs regards, tour à tour paniqués et confus, trahissaient l'incompréhension totale de la situation.

"Que se passe-t-il ?" s'enquit le policier, dont la voix au téléphone paraissait désormais lointaine.

"On ne sait pas. Aidez-nous !" répondit Jane, tentant de contenir sa peur, mais incapable de maîtriser les tremblements qui faisaient vaciller sa voix.

"Ca pue la mort ici..." balbutia Louis, le visage blême d'effroi.

Saisi d'une intuition de danger imminent, Lucas serra fermement le bras de Jane, ses jointures blanchissant sous la pression. "Il faut sortir d'ici. Quelque chose cloche, sérieusement."

Les sons étranges s'intensifièrent, résonnant autour d'eux comme une symphonie discordante de murmures inquiétants. Jane sentit son cœur battre à tout rompre, tandis que ses pensées se mêlaient dans un chaos effrayant. Soudain, un cri strident et perçant déchira l'air, les forçant à se couvrir les oreilles pour atténuer la douleur lancinante. Ce cri semblait émaner de l'intérieur même du bus, vibrer de l'intérieur, provoquant en eux des frissons de terreur.

Ils échangèrent des regards terrifiés, sentant le poids d'une présence sinistre se resserrer autour d'eux.

Guidés par une impulsion de survie et peu enclins à affronter le danger, Louis et Lucas se faufilèrent rapidement vers l'arrière du bus, en direction de la trappe de secours, et disparurent dans la nuit, l'abandonnant à son sort.

"Attendez-moi !" cria Jane, tentant de les rejoindre, mais elle n'était ni aussi habile ni aussi rapide qu'eux. "Ne me laissez pas... Bande de lâches..." ajouta-t-elle avec un mélange de désespoir et d'amertume. La route défilait sous ses yeux par la trappe ouverte. Comment avaient-ils fait pour sortir ainsi sans se tuer, alors que le bus roulait bonne vitesse ? En regardant l'écran de son téléphone, elle constata que la communication s'était coupée et qu'elle n'avait plus de réseau.

Où se cachait-il ?

Le briefing

"Je ne vous apprends rien..." murmura presque le commandant Carl Partol, sa voix grave trahissant une tension qu'il s'efforçait de masquer.

Il faisait les cent pas devant tout le personnel rassemblé pour un briefing improvisé, son visage marqué par la fatigue et l'inquiétude. Son ton à peine audible laissaient pressentir la gravité de la situation.

"D'ordinaire, il ne se passe pas grand-chose dans notre petite ville, et c'est d'autant plus vrai pendant le réveillon de Noël. Pourtant, cette année, nous avons de l'action..." poursuivit-il en fixant intensément l'assemblée.

"Commandant, pouvez-vous parler plus fort ? On n'entend rien au fond," lança un des policiers présents dans la salle de réunion, brisant le silence solennel.

Le commandant Partol, visiblement contrarié par cette interruption, comprenait néanmoins que son malaise était palpable. Un air grave s'invita sur son visage alors que les événements de la soirée prenaient un tour plus sinistre dans son esprit. Igor Kowalski, le maire de la ville, avait été abattu alors qu'il rentrait chez lui pour célébrer Noël en famille. Une tragédie qui prenait un caractère personnel pour Carl, car Kowalski et lui partageaient non seulement une relation professionnelle, mais aussi une amitié ancienne, scellée par une passion commune pour les voitures de sport.

"EST-CE QUE TOUT LE MONDE M'ENTEND COMME ÇA ?" hurla-t-il, la voix tonitruante résonnant comme une cloche de détresse pour affirmer son autorité et intimider toute nouvelle interruption.

Un silence de plomb suivit, figeant l'auditoire dans une apnée collective.

"Bien. Comme vous pouvez le constater sur ces vidéos de surveillance, nous sommes confrontés à un professionnel. Vêtu de noir, le visage dissimulé par une cagoule, une posture qui n'offre que son dos, des gestes rapides et précis, une agilité incontestable, une force physique déconcertante, et il a choisi un moment calme, avec peu de passants. Le maire n'avait aucune chance. Nous avons des premiers signalements avec des images du bus sur les réseaux; il faut exploiter ces informations à fond pour reconstituer le parcours du suspect. Et surtout, un contact tracé récent entre les passagers et le suspect nous donne une piste", expliqua Partol en utilisant un petit pointeur laser pour mettre en évidence certains détails des vidéos.

Il passa en revue les visages de l'assistance, cherchant désespérément l'étincelle d'une inspiration dans les yeux de ses subordonnés.

"Des questions ?" demanda-t-il avec une provocation contenue, son regard perçant.

"Où est le corps, commandant ?" osa une jeune policière, rompant la tension.

"Ah, il y en a qui suivent ! Excellente question. Le corps a disparu ! Et nous n'avons aucune vidéo du déplacement. Le tueur a manœuvré dans un angle mort du réseau de caméras. Nous avons affaire à un véritable expert", conclut Partol en faisant un geste ample de la main, comme pour balayer les orages de ses pensées.

"Avons-nous une idée du mobile du crime ?" interrogea un autre policier avec prudence.

"Il est encore trop tôt pour le dire. Nous avons un spécialiste sur le terrain. Pour être honnête, je me demande ce qu'il fait ici et pourquoi il a visé Kowalski..."

"Y a-t-il eu une demande de rançon ?"

"C'est une hypothèse. Nous avons effectivement tous les indices qui pointent vers un contrat sur la tête de Kowalski. Ses récentes décisions controversées, notamment sur la fermeture de la piscine municipale, ont suscité des frustrations. Mais il n'avait pas d'ennemis connus susceptibles de recourir à de telles extrémités", analysa Partol en repassant la vidéo de surveillance où la silhouette en noir surgissait avec une implacable efficacité.

"Commandant, le tueur semble très organisé. Serait-ce un acte terroriste ?"

"Rien n'est à exclure", continua le commandant Partol en se grattant pensivement le menton. "L'identification de cet individu est notre priorité absolue. Établissez un périmètre, effectuez des contrôles, vérifiez les transports, répertoriez les téléphones qui ont borné dans la zone, recueillez des témoignages, jusqu'aux chiens errants du coin. Profitez de cette heure cruciale pour profiler notre agresseur. Des questions ?"

L'assemblée resta muette. Le briefing était terminé. Le commandant Partol essuyait des gouttes de sueur sur son front, réchauffé par l'urgence et la pression. La soirée s'annonçait calme. A présent il devait renoncer à ses plans de réveillon. La fête qui l'attendait était d'une toute autre nature.

Le sabotage

Jane tira la chasse d'eau et sortit de sa salle de bain. Elle fit quelques pas pour retourner dans son lit et reprendre sa série quand elle se retrouva face à l'homme blessé.

"Je m'appelle Igor" dit-il d'une voix douce.

Igor était un grand homme mince d'origine slave, avec un nez pointu, des dents très blanches et de grandes oreilles bien décollées. Sa chevelure était d'un blond éclatant, presque doré, encadrant son visage comme une auréole.

Son visage était marqué par des traits caractéristiques. Son nez avait une pointe légèrement aquiline, lui conférant une expression rusée. Ses yeux en forme d'amande étaient soulignés par des cils et des sourcils abondants, leur donnant une intensité expressive. Son regard captivait l'attention et pouvait parfois sembler pénétrant, révélant une acuité remarquable pour observer son environnement.

Il avait des mains fines et élégantes, rappelant celles d'un pianiste. Sa dentition était impeccable, avec des dents d'un blanc éclatant. Son sourire était chaleureux, ajoutant à son charme naturel. Igor était de ces personnes qu'on ne pouvait oublier après les avoir vues une fois.

"Je suis Jane." répondit-elle en lui tendant la main.

Il regarda sa main et esquissa un sourire. Il ne pouvait pas encore bouger comme il le souhaitait. Un petit point de sang perçait à travers le bandage épais qu'elle avait installé autour de sa taille.

Jane brûlait d'envie de lui poser mille questions pour comprendre qui il était, comment il avait été blessé si gravement et surtout pourquoi il se retrouvait avec elle dans ce bus d'un autre âge. Cependant, elle avait décidé de ne plus servir qu'un seul maître dans cette affaire : elle-même.

"Vous m'avez sauvé" remercia Igor avec un visage empreint d'une gratitude enfantine.

Le bus grimpait lentement les flancs d'une colline, et le bruit du moteur peinait davantage alors que le plancher s'inclinait légèrement.

Puisqu'il restait encore deux bandes de pansements et un petit flacon d'alcool dans la mallette, Jane prit son temps pour confectionner une compresse solide et bien imbibée. Puis, fouillant dans son propre sac, elle en sortit son briquet, vestige de sa vie de fumeuse. Sans un mot, elle se dirigea vers la cabine de conduite, alluma une sorte de mèche qu'elle avait préparée sur la compresse blanche comme neige.

"Le taré de l'interphone... Vous êtes là ? J'ai un cadeau de Noël pour vous. Regardez... est-ce qu'il vous plaît ?" grogna Jane sur le ton le plus provocant qu'elle pouvait.

"Arrêtez !" s'écria Igor, la tête relevée comme surgie de terre.

Jane lui adressa un regard amusé. Elle haussa les épaules et lança la compresse par-dessus la vitre du poste de conduite.

La compresse rebondit sur le volant, faisant brièvement retentir le klaxon du bus, puis atterrit sur le siège du conducteur. Jane observait avec satisfaction son œuvre à travers la vitre de la cabine. Les flammes commencèrent à prendre de l'ampleur plus rapidement qu'elle ne l'avait espéré, transformant le siège en un brasier qui léchait bientôt le plafond. Elle recula jusqu'au milieu de l'habitacle, car la fumée devenait noire et suffocante.

"On va mourir asphyxiés !" cria de nouveau Igor, secouant la tête comme une marionnette.

Jane le regardait, mêlant amusement et pitié dans son expression.

"Non, Igor. Les portes vont s'ouvrir..." déclara-t-elle d'une voix sereine, esquissant un large sourire, les paupières lourdes.

Comme elle l'avait imaginé, l'interphone grésilla de toutes ses forces, comme s'il tentait d'éteindre l'incendie à distance en soufflant dessus.

"Éteignez ça immédiatement" demanda la voix, teintée d'une colère glaciale.

"Sûrement pas !" répliqua Jane, plus satisfaite que jamais de son stratagème. "Et si vous n'ouvrez pas les portes tout de suite, votre ami Igor finira en flammes, et vous retrouverez le moteur de ce maudit bus en orbite !" continua-t-elle.

Igor la fixait avec une expression de grande colère, cherchant à comprendre comment une jeune femme d'apparence si inoffensive pouvait être capable d'un tel sabotage.

Le feu avait ravagé le tableau de bord, et des étincelles jaillissaient de toutes parts dans la cabine de conduite. Jane n'y connaissait rien en mécanique, mais vu le modèle archaïque du véhicule, il n'y avait aucune chance qu'il soit équipé d'une douche anti-incendie. Jane commençait à tousser sérieusement derrière son pull, qu'elle avait remonté devant sa bouche. Mais elle était plus fière d'elle-même que jamais.

Elle avança jusqu'au fond de la cabine, laissant Igor à son sort, lorsque le bus s'encastra violemment dans le flanc rocheux de la route qui montait vers le sommet de la colline. Le fracas du métal plissé contre la roche était assourdissant. Elle fut projetée en avant avec violence, mais parvint à s'accrocher à deux mains aux poignées des sièges, suspendue dans les airs comme crucifiée, le temps que le bus achève sa course contre la paroi rocheuse. Elle eut juste le temps d'apercevoir Igor être projeté en avant comme un missile et rebondir avec un bruit sourd contre le pare-brise.

Le bus était en feu à l'avant, les portes toujours fermées, mais la plupart des fenêtres avaient volé en éclats lors du violent impact. Essayant de respirer le moins possible, Jane se faufila tant bien que mal à travers l'une d'elles du côté gauche et tomba sur la route. Elle se releva immédiatement, ses bras, ses épaules et sa joue droite couverts de nombreuses coupures. Elle se mit à courir aussi vite qu'elle le pouvait pour s'éloigner du bus qui risquait d'exploser à tout moment.

Jane chercha frénétiquement son téléphone portable dans la poche arrière de son pantalon, mais il avait disparu. Levant les yeux, elle crut l'apercevoir près du bus en flammes. Sans réfléchir, elle se précipita vers l'autobus, dont l'avant était sauvagement embrasé. Angoissée par la chaleur intense et au milieu de la fumée épaisse, elle retrouva son téléphone, en piteux état. Par chance, il avait quitté le bus avec elle.

Elle saisit le téléphone de ses mains tremblantes et vérifia s'il fonctionnait encore. L'écran était fissuré, mais il semblait allumé. Un immense soulagement l'envahit. C'était sa seule connexion avec le monde extérieur, son unique espoir de demander de l'aide.

Jane put toujours composer des numéros. Elle tape avec précipitation le numéro des services d'urgence et porta le téléphone à son oreille. Le son d'une tonalité rassurante résonna, elle attendait une réponse. Elle espérait que cette fois, elle pourrait obtenir l'aide tant désirée.

Tenant fermement son téléphone, elle observa le bus en feu et le nuage de fumée s'élevant dans le ciel nocturne de cette colline enneigée, prenant conscience de la gravité de la situation. Elle ne pouvait pas se permettre de flancher maintenant.

Alors qu'elle continuait de marcher rapidement, les secours prirent enfin son appel.

"Bonjour, Jane..." dit la voix à l'autre bout de la ligne.

Sans laisser son interlocuteur parler, Jane prit une profonde inspiration pour se calmer et commença à parler par salves, tout en continuant sa marche.

"Je suis blessée... un fou m'a kidnappée.. je marche sur cette route de montagne... le bus est en feu... il y avait quelqu'un dedans... aidez-moi s'il vous plaît... Vous m'entendez ?" dit-elle d'une voix haletante.

Il y eut un bref silence. Jane répéta plusieurs fois pour s'assurer qu'on l'entendait.

"Je ne suis pas un fou..." répondit la voix.

Il n'y avait plus aucun doute dans l'esprit de Jane. Elle n'avait pas reconnu cette voix au premier abord, habituée à l'entendre sortir d'un vieil interphone grésillant. La panique la saisit, son cœur manqua plusieurs battements. Sa gorge se noua, elle commença à transpirer, prise d'une bouffée de chaleur. Elle regarda l'écran de son téléphone, incrédule et terrifiée.

"Je n'ai pas apprécié ton cadeau de Noël non plus..." continua la voix, résonnant avec une puissance intimidante.

Jane coupa l'appel et vérifia si elle ne s'était pas trompée de numéro. Mais comment, même avec une erreur de numérotation, pouvait-elle tomber sur cet homme ? Comment avait-il piraté son téléphone ?

Elle s'éloignait du bus en prenant soin de marcher sur le bas-côté de la route, en pente descendante. Elle recomposa le numéro des urgences, son cœur batant à tout rompre. Qui allait répondre cette fois ? Quelqu'un décrocha.

"Bonjour, Jane..." résonna la même voix, d'un timbre si supposément réconfortant.

Elle raccrocha aussitôt, laissant échapper un cri de terreur. Nervosité, elle chercha le numéro de sa mère et lança l'appel avec une angoisse déchirante. Un frisson glacial parcourut son échine alors qu'elle approchait prudemment le combiné de son oreille. La tonalité d'appel résonna. Quelqu'un décrocha.

"Bonjour, Jane..." répondit la même voix.

Ses yeux s'emplirent de colère, une lueur sinistre les embrasant, tandis qu'une crise de panique montait en elle. D'une main tremblante, elle saisit le téléphone et le projeta violemment au sol, où il s'écrasa avec fracas. Mais cela ne suffisait pas à apaiser son désespoir croissant.

Prenant une inspiration saccadée, elle se lança dans une danse frénétique de destruction. Chaque pas était empreint d'une rage intense alors qu'elle piétinait l'appareil, comme si elle tentait d'écraser la vie elle-même. Chaque écrasement était un exutoire à sa détresse profonde.

Pourtant, sa frustration croissante ne se contenta pas d'un simple écrasement. Dans un accès de folie incontrôlable, elle ramassa les fragments mutilés de son appareil précieux et, avec une force qu'elle ignorait posséder, les propulsa contre l'asphalte froid et implacable de la route. Le bruit de l'impact résonna, un écho déformé de son propre tourment intérieur.

Le téléphone gisait maintenant, éparpillé en éclats de douleur électronique. La violence de ses gestes reflétait son propre tourment. Son esprit sombrait dans une obscurité profonde. L'ambiance, déjà lourde, s'alourdit davantage, imprégnée de la terreur constante depuis des heures, épuisante, comme si la nuit déversait son obscurité sur tout son être tourmenté.

Elle fixa les fragments de l'appareil devant elle. Les éclats de verre scintillaient sinistrement sur le bitume, comme les fragments de sa propre existence brisée. L'angoisse étouffante la submergeait. Elle respirait difficilement.

Dans cet instant de détresse, elle réalisa qu'elle n'avait jamais eu véritablement de moyen de contacter l'extérieur depuis qu'elle était montée dans ce bus maudit. Et son téléphone n'en était plus un.

Essayant de retrouver son calme, elle continua de descendre la route, laissant le brasier ardent du bus derrière elle. Sentant le besoin pressant de faire pipi, elle s'accroupit en vitesse sur le bord de la route, le froid mordant de l'hiver la faisant frissonner de tout son corps.

Jane marchait seule dans l'obscurité de la nuit, le long du bord de cette route sinueuse perchée sur la colline. L'atmosphère chargée de tension conférait à l'endroit une aura angoissante et mystérieuse. La visibilité réduite, limitée par l'obscurité et une légère brume flottant dans les airs, ajoutait à l'inquiétude ambiante. La neige recouvrait les accotements, les rendant par endroits glissants et dangereusement impraticables.

Le silence régnait en maître, seulement interrompu par le souffle du vent froid qui sifflet entre les arbres dénudés, ajoutant une note lugubre à la scène. Les lumières de la ville scintillaient au loin, semblables à des étoiles égarées dans la nuit, capturant le regard de Jane.

Chaque pas qu'elle faisait dans cette atmosphère hostile lui semblait de plus en plus lourd, alourdissant son cœur déjà empli d'anxiété. Elle sentait le froid la saisir, s'insinuant sous ses vêtements et engourdissant ses membres. Chaque expiration formait un nuage de brume blanche qui se dissipait rapidement dans l'air glacial.

Son regard se perdait parfois dans les ténèbres environnantes, où elle imaginait des formes indistinctes se mouvoir dans l'obscurité. Des craquements intermittents se faisaient entendre, éveillant ses sens et faisant naître en elle une suspicion permanente.

Les lumières blanches et froides des rares lampadaires contrastaient avec les lueurs jaunes et chaleureuses de la ville au loin. Jane s'imaginait ces milliers de gens se préparant à célébrer une soirée de réveillon en famille ou entre amis tandis qu'elle peinait, frigorifiée, sur cette route sinueuse. Ces lumières distantes étaient à la fois un appel réconfortant et terrifiant, semblant si proches et pourtant si éloignées.

Redoublant d'efforts, Jane accélérait le pas, bien qu'elle sût qu'elle n'irait pas bien loin à pied. La fatigue, et sans doute l'épuisement, auraient raison d'elle bien avant qu'elle n'attende la civilisation.

Continuant sa marche solitaire, elle luttait contre ses propres peurs, s'efforçant de garder espoir dans cette nuit froide et inhospitalière.

Elle songeait à tout ce qu'elle venait de vivre, tentant de mettre de la logique dans ce qui semblait être un cauchemar éveillé. Qui était cet homme à l'interphone ? Comment connaissait-il son prénom ? Et Igor et sa blessure ? Pourquoi elle ? Toutes ces questions s'entrechoquaient dans son esprit encore convalescent après le choc de l'embrasement du bus.

Bientôt, elle perçut le vrombissement d'un moteur s'approchant derrière elle. Des phares éclatants percèrent l'obscurité, illuminant la route devant elle d'une lueur blanche et aveuglante. Instinctivement, elle se retourna.

Lentement, une voiture blanche émergea de l'ombre. Ses phares perçaient l'obscurité tels des yeux lumineux révélant des détails obscurs et menaçants de l'endroit isolé. Le silence oppressant était brisé par le grondement sourd du moteur, comme une bête affamée s'apprêtant à fondre sur sa proie.

Son pouls s'accéléra tandis qu'elle scrutait la voiture, cherchant désespérément des indices sur ses occupants. Chaque seconde qui s'écoulait augmentait sa peur et son profond sentiment de vulnérabilité. La voiture blanche descendait et s'approchait lentement. Le bruit du moteur s'amplifiait, étouffant les battements précipités de son cœur.

Un frisson d'appréhension traversa son corps alors qu'elle restait là, figée dans une inquiétante expectative. Les phares balayaient la route, révélant son destin incertain. Dans l'ombre de la nuit et la lumière crue de ces phares, Jane fit des signes avec les bras, tentant d'attirer l'attention.

La voiture blanche ralentit jusqu'à s'arrêter de l'autre côté de la route. Jane inspira profondément, espérant calmer ses nerfs, et traversa la route, le ventre noué à mesure qu'elle faisait chaque pas vers le véhicule. Devant la voiture, la vitre du conducteur se baissa lentement. Elle peinait à distinguer le conducteur dans la pénombre. D'une voix tremblante, elle demanda : "Excusez-moi, pourriez-vous me conduire jusqu'à la ville ? Avez-vous vu le bus en feu plus haut ?"

Une voix calme émana de l'habitacle : "Oui, j'ai vu le bus en feu. J'ai déjà alerté les secours. Montez à l'arrière, je peux vous emmener."

Le conducteur ouvrit la portière arrière, et Jane, rassurée par ses paroles, pénétra dans la voiture, refermant la portière derrière elle. Alors qu'elle jetait un dernier coup d'œil dans le rétroviseur, l'horreur glaça son sang. Le conducteur n'était autre qu'Igor. Effrayée, elle tenta de sortir précipitamment de la voiture, mais réalisa avec terreur que les portières étaient déjà condamnées.

"Ouvrez la porte ! Laissez-moi sortir !" s'écria-t-elle, paniquée.

Un rire sinistre émana d'Igor, qui répondit d'une voix glaciale : "Installe-toi confortablement, Jane. Nous avons un peu de route devant nous."

Les battements de son cœur s'accélérèrent alors qu'elle réalisait l'ampleur de son cauchemar. Son esprit et son corps luttaient contre cette barrière logique. Que faisait Igor dans cette voiture alors qu'elle l'avait quitté presque agonisant et projeté vers l'avant incendié du bus ?

Emplie de terreur et de désespoir, Jane tenta désespérément d'étrangler Igor depuis l'arrière de la voiture. Ses mains griffaient l'air dans une lutte acharnée. Mais soudain, Igor, réagissant avec une brutalité inhumaine, lui mordit violemment le pouce, faisant jaillir une douleur fulgurante dans tout son corps.

Un cri de douleur et de surprise s'échappa des lèvres de Jane. Elle retira instinctivement sa main, ses yeux écarquillés de stupeur face à la violence de l'attaque. Le sang coulait de sa plaie béante, ajoutant à l'horreur de la situation.

Igor, un sourire malsain déformant son visage, la fixa d'un regard cruel. Dans une explosion de brutalité, il lui asséna un coup de poing violent en plein visage. Le choc résonna dans l'habitacle de la voiture, faisant vaciller sa conscience et projetant des étoiles devant ses yeux. Jane sentit la douleur aiguë percer ses tempes tandis qu'elle flanchait, son corps se pliant sous la violence de l'impact.

Alors que la réalité se déformait autour d'elle, Jane lutta contre le vertige avant de sombrer dans l'inconscience. Son corps retomba lourdement sur la banquette arrière alors que la voiture blanche, après avoir fait demi-tour, remontait la colline, passant devant le bus enflammé, emportant Jane vers un destin inconnu.

La salle de contrôle

Le poste de sécurité portait les stigmates du temps et de la négligence. Les écrans, une dizaine en tout, diffusaient des images souvent pixelisées, saccadées, comme si elles luisaient de l'agonie des techniciens morts depuis longtemps. Des cartes et des vidéos de surveillance des bus de la compagnie Transports Victoria passaient en boucle, leur clarté compromise par le passage des années. Les claviers, eux, trônaient là, recouverts d'une couche épaisse de poussière, parsemée de traces de doigts. Les bureaux étaient jonchés de tasses abandonnées à leur triste sort et de carnets ouverts, où les notes griffonnées se mêlaient à des miettes de nourriture, complétant ce tableau de désolation.

Les murs, autrefois vivants de vitalité, étaient maintenant ornés de posters fanés de l'office du tourisme et de cartes des lignes de bus de la compagnie, résidus d'une époque révolue. Quelques guirlandes de Noël pendaient tristement des néons, ajoutant une touche de désuétude festive, tandis qu'un petit sapin solitaire clignotait faiblement dans un coin, ses LEDs multicolores paraissant à bout de souffle.

La pièce baignait dans une semi-obscurité, créant une ambiance à la fois mystérieuse et soporifique. Adam, le chef de centre, un grand brun chauve et costaud, lançait périodiquement de volumineuses volutes de vapeur vers les écrans devant lui. À ses côtés, Kevin, son contrôleur d'une stature plus frêle et aux cheveux bouclés, s'entêtait à atteindre le niveau 600 de "Demon Kart" sur sa console de jeux portable.

Soudain, Adam remarqua quelque chose d'inhabituel sur l'un des écrans. Il se mit à gesticuler frénétiquement, tentant de dissiper le nuage de vapeur qui obstruait sa vue, tel un maître Jedi usant de la Force contre une menace invisible.

"Allez, dégage !" s'écria-t-il, ses bras fendant l'air frénétiquement.

Ses gesticulations ne firent qu'agiter davantage l'atmosphère, créant une légère brise sans pour autant disperser la brume. Se résignant, il se pencha vers l'écran, scrutant l'image avec une concentration intense. Après un moment de silence, il se leva d'un bond de son siège.

"Kevin, putain, on a perdu le 8," s'exclama Adam en balayant encore l'air autour de lui.

"Kevin, sérieux, lâche un peu ta console et viens voir !"

Selon Kevin, Adam était le vestige même d'une sophistication et d'une élégance d'un autre temps. Il incarnait une compréhension universelle des subtilités de la mode et du raffinement. Sa carrure imposante, telle une armoire à glace, était mise en valeur par son choix vestimentaire aussi improbable qu'un buffet à volonté dans un fast-food. Son T-shirt à imprimé treillis bien trop petit était la pièce maîtresse de son ensemble, soulignant chaque courbe, chaque bosse, et chaque renflement de son corps. Qui devait respirer librement quand on pouvait ressembler à une saucisse prête à éclater ?

Son jean serré, défiant toutes les lois de la circulation sanguine, témoignait des luttes héroïques qu'il devait mener chaque matin pour l'enfiler. Marcher avec des briques attachées aux pieds ne semblait pas être un obstacle, tant que cela proclamait à quel point il était à l'aise dans sa propre peau. Pour compléter cette vision de la grâce masculine, qu'il ne pouvait se passer de ses bottes de cowboy, une ultime touche de masculinité virile.

Ses cheveux noirs et luisants, tirés en arrière en une queue de cheval, représentaient un choix audacieux. On ne pouvait s'empêcher de se demander combien de temps il lui fallait chaque matin pour atteindre ce niveau parfait de tension capillaire; probablement utilisait-il un cric pour obtenir ce résultat éblouissant.

Et ce n'était pas tout. Adam adorait parfaire son image avec une touche de classe supplémentaire, par l'entremise de ses nombreux bracelets au poignet gauche. La pièce maîtresse de cette collection était ce bracelet de force en cuir noir épais, orné de deux sangles rebiquant audacieusement en l'air comme des ailerons de requins. Pour couronner le tout, ses bagues épaisses de motard, décorées de têtes de morts et de dragons, mettaient en évidence sa sensibilité artistique raffinée. Rien ne disait plus "je suis un connaisseur du bon goût" que ces bijoux exubérants qui semblaient provenir d'une fête foraine.

En résumé, Kevin voyait Adam comme le roi des beaufs modernes, une étoile filante scintillant dans le firmament de la kitscherie.

"Quoi ? On a perdu le 8 ?" demanda Kevin en roulant sur son siège jusqu'aux écrans devant Adam.

"Regarde ça," dit Adam en désignant l'écran d'un geste impatient.

"Non, je ne vois rien," répondit Kevin en plissant les yeux, son visage baigné par la lumière bleutée des écrans dans la semi-obscurité de la salle de contrôle.

"Eh bien, tu as un putain de problème, mec. Regarde bien là ! J'ai mon 7, tu vois mon foutu bus numéro 7 ?" dit Adam, visiblement agacé.

"Euh, ouais, ouais, je vois ton 7, tranquille."

"Super, on progresse. Et mon 9, tu le vois mon 9 ?"

"Ouais, ouais, clairement," confirma Kevin sans réellement comprendre ce qu'il devait chercher.

"Putain, c'est génial. Et mon 8, tu le vois mon 8 ?"

"Euh... non... euh..."

"Évidemment que tu ne vois pas mon 8, parce qu'il n'est plus là !", s'exclama Adam en frappant son poing contre le bord du bureau, faisant rebondir le clavier.

Kevin le fixa un moment avant de risquer une remarque : "C'est comme les tickets à gratter, non ?"

Adam s'arrêta net, prit une profonde inspiration, puis jeta un regard furtif à Kevin, un regard si sombre et menaçant qu'on aurait dit qu'il allait le frapper.

"Et maintenant, qu'est-ce qu'on fait ?" demanda Kevin, espérant désamorcer la tension.

"Eh bien, on va le chercher, mec, on va le chercher !" répondit Adam en tirant une longue bouffée de sa cigarette électronique.

Kevin se leva et attendit qu'Adam fasse de même, mais ce dernier ne bougea pas de son siège.

"Je n'ai pas dit qu'on allait le chercher, MAINTENANT. On va le chercher, cool", précisa Adam, disparaissant presque totalement derrière un épais nuage de vapeur blanche qu'il venait de souffler.

Kevin se gratta la tête, perplexe. "Alors, qu'est-ce qu'on fait ?"

Adam, réapparaissant une fois le nuage dissipé, le regarda avec une lueur moqueuse dans les yeux. "T'inquiète, Miguel conduit. Il s'est probablement arrêté pour une pause pipi. Il a la vessie fragile. Je vais l'appeler pour voir où il en est. D'ailleurs, à quoi tu joues sur ta console ?"

Pour une fois que quelqu'un s'intéressait à son jeu, Kevin s'apprêtait à montrer le héros qu'il avait mené jusqu'au niveau 599 sans dépenser un sou, juste avec ses doigts, mais un appel vint interrompre ce moment. Le téléphone d'Adam sonna, et ce dernier fixa l'écran avec l'air de quelqu'un qu'on dérange en pleine mission cruciale. C'était la gendarmerie. Qu'est-ce qu'ils voulaient à une heure pareille ?

"Bonsoir, c'est le commandant Partol..."

"Ah, bonsoir Commandant. Ici Adam Lubert", répondit Adam en activant le haut-parleur pour que Kevin puisse entendre.

"On a un signalement concernant l'un de vos bus..."

Adam s'était levé pour répondre et écoutait avec une attention presque religieuse la voix autoritaire du commandant. Kevin, amusé, observait son supérieur immobile, raide comme s'il s'adressait à une divinité.

"Ah. Vous êtes certain que c'est l'un des nôtres ?" demanda Adam, soudain hésitant.

"Écoutez, je n'ai pas le temps de plaisanter, monsieur. Combien de compagnies de bus y a-t-il dans cette foutue ville ?"

"Euh... oui, d'accord, c'est le nôtre."

"Bien ce que je pensais. Un Transports Victoria, bus numéro 8, immatriculation inconnue..."

"Et qu'est-ce qui lui est arrivé ?"

"Un voisin l'a vu en flammes sur la colline du Grison..."

"Ah... c'est pour ça que je ne le vois plus sur ma carte. Vous voulez que j'appelle les pompiers ?"

"Monsieur Lubert, un peu de sérieux ! On dirait vraiment que vous avez déjà commencé votre réveillon !"

"Euh, non, mon Commandant."

"Bordel, mais qu'est-ce que vous foutiez ? Vous ne pouviez pas nous prévenir plus tôt, dès que vous avez perdu sa position ? À quoi vous servez, putain ?" hurla le commandant Partol, un vieux râleur n'appréciant guère être dérangé pour réparer les erreurs des autres.

Adam, soudain conscient de l'ampleur du problème, réalisa qu'un événement extraordinaire s'était produit en ville. Totalement désorienté, il se raidit, son dos se courbant comme un arc prêt à décocher une flèche. Kevin observait son chef métamorphosé, sachant que la flèche finirait par le viser. Adam n'était pas du genre à taire sa frustration.

Après avoir désactivé le haut-parleur et écouté les ordres du commandant Partol, Adam raccrocha, l'air absent. Sa gorge se serra, et il déglutit avec difficulté, ses gestes devenant mécaniques comme ceux d'un robot en panne.

"Kevin, on a un problème..." dit-il d'une voix haut perchée, semblable à celle d'un garçonnet, trahissant une peur palpable.

Kevin, médusé, observait son chef se transformer sous l'emprise d'une terreur inconnue. Il s'attendait presque à le voir perdre le contrôle de sa vessie.

Cependant, Kevin se rappela que se moquer de la détresse des autres n'était ni gentil ni respectueux. Son chef était sensible et il le savait. Il décida de soutenir Adam dans cette situation difficile, après avoir tenté de digérer l'incroyable nouvelle.

"Chef, est-ce que tout va bien ?"

"Pourquoi tu ne m'as pas prévenu ?" demanda Adam, découvrant ses crocs et fronçant les sourcils, le visage empourpré de rage.

Kevin recula doucement sur sa chaise à roulettes, tandis qu'Adam s'avançait, pointant un doigt accusateur vers lui.

"Ta mission était simple : surveiller ces écrans et m'alerter au moindre souci !" s'écria Adam en continuant d'avancer, obligeant Kevin à reculer davantage.

Kevin jeta un coup d'œil rapide à sa console de jeu posée sur le bureau.

"Oh, tu te la coules douce au boulot, c'est ça ?" hurla Adam, cherchant désespérément une excuse pour détourner la responsabilité. "File-moi ce truc, bordel !" continua-t-il, désignant la console du doigt.

Kevin, tremblant, vit son chef se transformer en une figure grotesque et désarticulée. Les traits de son visage étaient tirés en arrière par la tension, semblant lissés par un vent violent comme un parachutiste en chute libre.

"Le commandant veut qu'on le tienne informé de toutes les anomalies en temps réel !" récita Adam, d'une voix théâtrale, tentant d'imiter les ordres tonitruants du commandant Partol.

"C'est ce qu'on est censé faire, chef..." glissa Kevin en fixant le sol, inconscient de la bourde qu'il venait de commettre.

"Toi, petit malin, tu te prends pour qui ?" hurla Adam, collant presque son visage à celui de Kevin, un souffle parfumé à la mangue embaumant l'air.

"Mon pauvre, je crains que mon rapport d'incident ne soit sévère. Tu l'as cherché. Oublie toute idée de partir plus tôt pour le réveillon. Tu vas passer la nuit vissé sur ces foutus écrans. C'est compris ?" gronda Adam, retrouvant un ton plus humain.

Kevin, figé, contemplait la lâcheté et la mauvaise foi de son chef. Malgré sa volonté d'aider, il se retrouvait puni injustement. Pensif, il se demandait pourquoi il devait supporter un tel chef.

"Bon, petit, en attendant, va fouiller le frigo et rapporte les bières. Elles doivent être bien fraîches maintenant. On a un plan à préparer. Le commandant arrive dans trente minutes pour inspecter nos enregistrements", déclara Adam d'un ton étonnamment calme et détaché.

Les deux enfants

Jane se réveilla en sursaut devant l'écran où sa série continuait de défiler. D'un geste vif, elle maintint la touche de retour arrière de la télécommande et constata qu'elle avait dormi environ vingt minutes. Curieusement, elle se sentait aussi revigorée que si elle avait passé une nuit complète. Ses yeux se posèrent sur la tablette de chocolat posée à côté d'elle sur le lit. Elle n'avait eu le temps que de retirer le haut de l'emballage sans pouvoir en croquer une seule part. Elle mit l'épisode en pause et se leva énergiquement pour aller se rafraîchir le visage. Le sol frais sous ses pieds nus la surprit, mais elle avança de quelques pas supplémentaires jusqu'à ce que ses pieds s'habituent à la température. Alors qu'elle allait ouvrir la porte de la salle de bains, elle trébucha sur quelque chose de mou et légèrement plus chaud que le sol. Déséquilibrée, elle tenta de se rattraper aux poignées des sièges mais les manqua de peu, terminant sa course, vautrée contre les sièges au fond du bus.

"Bonjour Jane..." salua une voix bienveillante pour l'accueillir dans la suite du voyage.

Le son était encore plus mauvais qu'auparavant. Le grésillement saturé entrecoupait la voix de manière presque douloureuse pour les tympans.

Jane se releva, toujours tournée vers l'arrière du bus. Cette fois, elle se tenait fermement pour éviter de retomber lors du virage serré. Baissant les yeux, elle découvrit à ses pieds le corps inerte d'une femme sur le sol froid.

C'était une femme d'une beauté saisissante qui gisait là, comme endormie. Ses traits raffinés ajoutaient une touche délicate à son apparence. Son visage serein aux yeux fermés donna l'impression qu'elle se reposait profondément.

Elle portait une tenue de ville élégante, mettant en valeur sa silhouette gracieuse. Ses vêtements, soigneusement choisis, témoignaient d'un sens du style impeccable. Une robe légère d'un vert pastel épousait ses formes, soulignant sa féminité naturelle. Ses jambes croisées étaient chaussées de talons assortis à sa tenue, ajoutant une aura d'élégance à sa présence.

Ses cheveux blonds lumineux encadraient délicatement son visage, soulignant la grâce de son cou. Son teint clair et impeccable révélait une peau douce et soignée, rehaussant encore davantage sa beauté éclatante.

Cette vision de grâce et de charme insuffla à Jane un sentiment de calme et de sérénité malgré les circonstances troublantes.

"Qui est-ce ?" interrogea Jane.

"Une amie d'Igor. Elle se repose..." répondit la voix dans un crépitement douloureux.

Jane avait du mal à croire cette histoire. Cette femme, malgré son apparence intacte, semblait morte depuis longtemps. Elle n'y connaissait rien en termes de cadavres, mais quelque chose ne tournait pas rond. Cette suspicion la terrifia et, par réflexe, elle se mit en mouvement.

Elle se retourna vers l'avant du bus où Igor se tenait à sa place. Il lui fit un signe de la main avec un sourire inexplicable. Sans hésiter, Jane courut vers l'avant du bus, scrutant chaque recoin de la cabine de conduite avec un regard perçant.

"Nous avons dû réparer vos bêtises, Jane..." confirma la voix, comme s'adressant à un enfant.

Incrédule, elle tentait de forcer une explication à une situation qui semblait défier toute logique.

"Elle est blessée. Il faut l'aider. Où est la mallette de soins ?" demanda-t-elle en jetant des coups d'œil affolés autour d'elle.

"Ce n'est pas important, Jane..." diagnostiqua la voix calmement. "Voici vos instructions..."

"Elle saigne, il faut l'aider ! Et vous, aidez-moi au lieu de rester là comme un idiot !" grogna-t-elle en s'adressant à Igor.

Il ne répondait pas. Son sourire se crispait progressivement, trahissant une douleur grandissante. Il se tenait le ventre d'une main, s'agrippant à la poignée d'un siège de l'autre.

"D'abord, qu'est-ce que vous faites ici ? Vous m'avez encore assommée, espèce de brute ! Êtes-vous complice de ce fou ?" demanda Jane, de plus en plus énervée, fixant Igor et désignant les portes avant du bus.

"Dans quatre minutes, deux enfants vont monter à bord... ils seront blessés... vous devrez les soigner, Jane..." annonça la voix, d'un ton monocorde comme s'il lisait un prompteur. Le son saturé bourdonnait dans ses oreilles.

"Non... pas des enfants..." murmura Jane, imitant inconsciemment le ton monocorde de l'interlocuteur.

Une salve de grésillements et de craquements métalliques fit trembler l'interphone.

"On ne choisit pas, Jane..." se justifia la voix, fataliste.

"Qui êtes-vous ? Espèce de monstre !" hurla Jane, révulsée.

Des petits cliquetis et un souffle semblable à un courant d'air émanaient du boîtier.

"Vous et moi, on se ressemble, Jane... dans trois minutes..." murmura la voix, pensive.

"Sadique ! Ne me mêlez pas à vos délires ! Espèce de pervers. Vous allez souffrir en enfer !" s'emporta Jane.

Ce type derrière l'interphone ressemblait à l'archétype du psychopathe bas de gamme d'une mauvaise série. Il essayait de la culpabiliser et de l'amadouer avec ses sornettes psychologiques minables. Mais elle n'était pas d'humeur à se laisser manipuler. Il pourrait bien contrôler ses pulsions s'il en avait besoin, mais pour le reste, il avait déjà perdu.

"Je souffre déjà, Jane... deux minutes..." avoua la voix dans un ricanement qu'elle tentait de retenir.

Le bus ralentissait, s'enfonçant de nouveau dans les méandres de la ville. Jane, en se penchant légèrement, jeta un coup d'œil rêveur aux éclats de lumière multicolores qui dansaient sur les trottoirs en un kaléidoscope hypnotique. Se tournant sur le côté, elle surprit le regard insistant d'Igor, scrutant ses formes avec une attention perturbante. Un regard qui la troublait bien plus qu'elle ne l'aurait imaginé.

"Arrête de te rincer l'œil et rends-toi utile. Va plutôt prendre soin de ta copine !" lâcha-t-elle d'un ton sévère.

"Il faut que je te montre quelque chose..." marmonna Igor en désignant sa blessure, malgré les soins attentionnés de Jane, continuait à suinter. Il semblait véritablement peiné. Elle devait se débrouiller seule, sans sourciller. Tous avaient besoin de son aide précieuse. Elle ne lui en tenait pas rigueur. Elle savait qu'il ne pouvait pas faire plus. Lui adressant un sourire, elle lui signifia qu'elle comprenait et qu'elle le secourerait dès que possible.

Le bus freina brusquement, parcourant plusieurs mètres avant que les portes avant ne s'ouvrissent. L'idée de profiter de l'occasion pour s'échapper surgit avec violence dans son esprit, effaçant momentanément ses doutes. Sa mission restait cependant claire : fuir ce bus, échapper au fou qui le contrôlait, et appeler les secours afin de mettre un terme à ce cauchemar. Elle devrait se résoudre à abandonner les autres passagers, bien que tout en elle criât de les aider, pour mieux les secourir ensuite.

Le son pneumatique strident des portes médianes la tira de ses pensées, tandis qu'un vent frais et pur s'engouffrait dans l'habitacle.

Elle se précipita vers les portes, prête à s'échapper, mais fut retenue par une vieille femme qui aidait déjà deux enfants à monter les marches du bus.

"Aidez-moi !" supplia la vieille femme d'une voix empreinte d'urgence, agitée, en tentant de placer les enfants à l'intérieur du véhicule.

"Prenez soin d'eux, s'il vous plaît", implora la femme en déposant une mallette sur la marche du bus, tandis que Jane achevait de faire monter les deux enfants, un garçon et une fille.

La vieille femme fit un signe d'adieu à Jane avant que les portes ne se referment et que le bus ne reprenne sa route.

"LA MALLETTE ! LA MALLETTE !" hurla Jane de toutes ses forces, agitant frénétiquement les bras devant les caméras.

La mallette était coincée, se tenant à la verticale dans l'interstice en caoutchouc entre les portes fermées. Le bus poursuivait sa route, indifférent à ses appels. Elle saisit la mallette à deux mains et tira de toutes ses forces. Elle sentait la mallette glisser lentement vers elle. Par à-coups, elle tira jusqu'à ce qu'elle la libère enfin des portes. Jane fut projetée en arrière, tombant lourdement sur le sol à côté de l'amie d'Igor. Sa tête heurta la paroi derrière elle. En reprenant ses esprits, elle fut frappée par une vision d'horreur. Les deux enfants avaient le cou en sang.

Peu importait l'évasion. Elle tenterait sa chance à l'arrêt suivant.

Le petit garçon se tenait là, un air d'innocence mêlé de curiosité se reflétant dans ses grands yeux bruns. Son visage doux et poupon, encadré par des mèches brunes échappant à son bonnet rouge vif, semblait illuminé d'une candeur angélique. Le bonnet, serré autour de sa tête, laissait échapper quelques boucles rebondissantes. Malgré le froid mordant de l'extérieur, sa peau était rosée, et sa petite bouche arborait un sourire timide.

Son manteau gris, ajusté à sa petite stature, était boutonné jusqu'au col, lui conférant une allure soignée qui protégeait son corps fragile des éléments. Une fine couche de neige poudreuse s'était déposée sur ses épaules, mais il n'y prêta guère attention. Ses mains étaient enveloppées dans des gants blancs, contrastant avec le reste de son équipement hivernal. Il regardait autour de lui, semblant chercher quelque chose ou quelqu'un.

À côté du petit garçon se tenait la fillette, légèrement plus grande que lui. Ses cheveux longs et lisses, d'un brun foncé, cascadaient jusqu'à ses épaules. Un bandeau coloré maintenait ses mèches en place, mettant en valeur son visage ovale et sa peau claire. Elle portait des lunettes aux montures fines, lui donnant une apparence studieuse.

Son épais survêtement de sport, d'un rose vif et dynamique, protégeait son corps du froid mordant. Il était orné de motifs colorés et de lignes blanches harmonieuses.

Tous deux se tenaient là, les yeux écarquillés, perdus dans un océan d'incompréhension.

"Alice, Gabriel !" s'exclama Igor d'une voix nouée en levant les yeux.

Les deux enfants, pris de court, se tournèrent vers lui et observèrent pendant un moment. En remarquant le sourire crispé d'Igor, leurs visages s'assombrirent, anxieux, et leurs yeux s'emplirent de larmes.

"Vous les connaissez ?" demanda Jane, piquée de curiosité, en s'approchant.

"Ouvrez la mallette, Jane, ces petits ont besoin de soins..." interrompit une voix autoritaire, tandis qu'Igor s'apprêtait à parler.

"Assassin ! C'est vous qui avez osé faire ça à ces pauvres enfants ? Vous êtes une ordure !" gronda Jane, lançant ses paroles avec colère en direction de la voix, tandis qu'elle ouvrait la mallette. Elle avait demandé aux enfants de s'asseoir près d'elle sur une banquette, cherchant à les réconforter malgré l'atmosphère tendue.

La vidéo explicative tournait déjà sur les écrans, mais Jane savait exactement ce qu'elle devait faire. Les blessures à la gorge des enfants étaient bien plus graves que ce qu'elle avait initialement imaginé. Seul un être dément et dénué de toute humanité pouvait infliger de telles souffrances à des enfants innocents.

À quoi jouait-il ? Si elle se laissait faire, le bus risquait d'être rempli de blessés en quelques heures à peine. Quel était ce voyage macabre auquel elle était forcée de participer ? Pourquoi ce criminel fou l'avait-il choisie, elle ? Quelle était la destination finale de ce bus contrôlé à distance ? Tout cela relevait d'une préparation minutieuse et d'une habileté sans faille pour échapper aux forces de l'ordre. Comment était-il possible de détourner un bus entier et de circuler ainsi en plein cœur de la ville sans que la police n'intervienne en moins de cinq minutes ?

Jane s'activa pour nettoyer, soigner et panser les plaies des deux enfants. Elle devait absolument tenter de leur sauver la vie grâce à ses premiers soins d'urgence. La pression était immense, mais elle puisa dans ses ressources, consciente que chaque seconde comptait pour leur survie.

"Vous faites un excellent travail, Jane..." complimenta la voix.

"Allez en enfer !" répliqua Jane sans détourner les yeux de ses mains posées sur les gorges des enfants.

"Vous les connaissez ?" demanda-t-elle à Igor, qui suivait attentivement chacun de ses gestes précis et délicats, admiratif.

"Oui... Je vous présente Alice, ma fille, et Gabriel, mon fils... Je suis Igor Kowalski, le maire", déclara-t-il lentement, désignant chacun de ses enfants tour à tour.

"Merde..." souffla Jane, suspendant ses gestes de soins, les mains tremblantes.

"Vous ne m'avez pas reconnu ?" s'étonna Igor, surpris que sa notoriété locale n'ait pas suffi.

"Vous avez un fils qui s'appelle Paul ?" demanda-t-elle, redoutant la réponse.

"Oui, c'est mon aîné", confirma Igor.

"Il fabrique des coussins ?" continua Jane, faisant les connexions dans son esprit.

"Oui, son affaire marche plutôt bien", ajouta Igor.

Jane abaissa les bras, plongée dans ses pensées, le regard dans le vide.

"Tout va bien ?" interrogea Igor en essayant de s'approcher d'elle, se soutenant tant bien que mal aux sièges malgré sa blessure.

"Paul Kowalski est mon patron. Nous ne nous entendons pas du tout", avoua-t-elle, reprenant ses gestes de soins.

Igor esquissa un sourire crispé, mêlant la douleur de sa blessure à la complexité de la personnalité de son fils.

"Il peut être difficile... Depuis la mort de sa mère, notre quotidien a beaucoup changé", expliqua Igor en tenant les mains de ses deux enfants pour les rassurer.

"Et elle ?" demanda Jane en désignant le corps de la femme.

Igor tourna la tête et fit une moue pour indiquer qu'il ne la connaissait pas. Le fou de l'interphone avait-il extorqué leur amitié ?

"Dans l'interphone... j'ai entendu des voix d'enfants qui appelaient leur maman..." souffla Jane.

Igor resta pensif.

Jane n'était pas convaincue par les explications d'Igor. Si leur famille était dysfonctionnelle, cela n'excusait en rien les agressions constantes de Paul. D'ailleurs, Igor semblait capable d'avoir une double personnalité : violent une minute, apaisé la suivante. Pourquoi l'avait-il frappée pour la remettre dans ce bus ? Quel intérêt s'il était lui-même une victime de ce fou ?

Tous ces sentiments conflictuels et ces questions sans réponse se bousculaient dans son esprit. Maintenant qu'elle avait terminé de panser les enfants et que le corps de la femme restait là, ignoré de tous, son unique objectif était l'évasion. Elle avait suffisamment donné pour ce réveillon. Elle était prête à tout pour s'échapper.

"Merci pour tout, Jane," chuchota Igor d'une voix rauque, embrassant ses enfants.

Alice et Gabriel se serrèrent autour de leur père, formant un cocon protecteur. Leurs souffles saccadés se mêlaient aux pleurs étouffés.

"Papa, on veut voir maman !" supplièrent Alice et Gabriel d'une seule voix, hantés par l'absence de leur mère.

Reculant d'horreur, Jane fut pétrifiée par ces voix d'enfants, les mêmes qu'elle avait entendues à travers l'interphone. Igor, agenouillé, tenait fermement ses enfants. Leur regard convergeait vers le corps de la femme allongée contre la paroi du bus.

Une terreur viscérale s'empara de Jane, et son cri déchirant fit vibrer l'habitacle tout entier.

Igor, Alice et Gabriel se retournèrent, les yeux écarquillés d'étonnement et d'incompréhension, figés par ce hurlement.

Le monde sembla se dérober sous les pieds de Jane, révélant une macabre supercherie devant ses yeux effarés : les voix des enfants, le regard libidineux d'Igor, en tous points identique à celui de son fils Paul, cette femme qui semblait être la mère de famille... Tant de détails troublants qui ne faisaient qu'accentuer sa désorientation.

Elle se tourna vers l'interphone, les larmes inondant son visage, cherchant désespérément à libérer cette tension nerveuse qui la paralysait. Les doutes, d'abord vagues et insidieux, se muaient en certitudes terrifiantes : Paul Kowalski, cette petite ordure de patron frustré, avait pris le contrôle du bus et modulait sa voix à travers cet appareil. Mais comment pouvait-il connaître son tatouage à la rose bleue ? C'était certainement l'une de ces amies de bureau qu'elle croyait loyales qui avait trahi sa confidence, livrant ainsi ce détail intime au pervers.

Ce monstre décimait un à un les membres de sa famille, probablement en plein délire maniaque, transformant Jane en une infirmière obéissante à ses ordres morbides. Submergée par une panique paralysante, elle tentait désespérément de comprendre les motivations de Paul. Pourquoi voudrait-il éliminer ses proches ? S'il souhaitait réellement leur mort, pourquoi lui demandait-il de les soigner ? Peut-être voulait-il se venger de son père, qu'il tenait pour responsable de la mort de sa mère. Elle avait lu que certains enfants, rongés par des rancœurs profondes, finissaient par les exprimer de manière violente, trop tard pour se contenir. Une intuition viscérale lui murmurait qu'un drame atroce avait ravagé cette famille pour en arriver à cette situation.

Jane se trouvait prisonnière d'un implacable mur logique, aussi oppressant que l'habitacle physique du bus, et désespérément seule. Écartelée entre la folie qui menaçait de l'engloutir et la terreur de ses déductions, elle cherchait une issue à ce cauchemar.

Brusquement, le véhicule vira à angle droit, projetant violemment tous les occupants vers la droite, ajoutant à la confusion et à l'horreur ambiante. Les espoirs de Jane se fracassaient contre la réalité brutale qui n'offrait aucune échappatoire.

Les vrais chefs

Le commandant Partol avait rejoint, comme convenu, Adam et Kevin dans le poste de sécurité de la compagnie de bus Transports Victoria.

"Qui conduisait le 8 ?" demanda-t-il de sa voix virile.

Adam regarda Kevin, qui le fixa en retour. Ce ping-pong visuel dura bien dix secondes, tant Adam était déstabilisé et se sentait coupable face à cette simple question.

"Avez-vous contacté le conducteur du bus numéro 8 récemment ?" reprit le commandant avec une pointe de délectation, retournant le couteau dans la plaie.

Adam jeta un énième coup d'œil à Kevin, qui se recroquevillait sur lui-même par habitude dans ce genre de situation.

"Commandant... voilà, en fait, la vérité, c'est que je voulais l'appeler quand j'ai pris votre appel il y a une demi-heure. Je..." tenta de se justifier Adam d'une voix de gamin retrouvée.

"Je vois. Alors, ne cherchez plus à le joindre. On a retrouvé le corps de Miguel Figueira, sauvagement éventré et égorgé, dans les poubelles à déchets recyclables au fond de l'impasse Rocadour."

Déchets recyclables... Kevin se demanda si le commandant était assez subtil pour faire de l'humour, certes très inconvenant, ou bien s'il était simplement aussi bête que ses bottes. Il n'arrivait pas à "trancher".

"Ce n'est pas dans le parcours de la ligne 8 ça... Qu'est-ce qu'il est parti faire là-bas ?" demanda Kevin avec candeur, cherchant à penser à autre chose.

Le commandant Partol décroisa les bras, leva les yeux au plafond et se tapa presque le front avec la paume de la main.

"Bon. Voilà la situation. On a un bus, le 8, qui a été piraté et qui se déplace depuis le début de la soirée dans toute la ville. À l'heure où je vous parle, on a plusieurs témoignages concordants : il a quitté sa trajectoire à la sortie de la zone d'activités du Moulin, a fait un détour par le domicile du maire et a été retrouvé à moitié calciné à mi-hauteur de la colline du Grison. On a des équipes chez le maire et son fils aîné. Personne n'est sur place. Et je doute qu'ils soient en train de réveillonner en famille, si vous voyez ce que je veux dire..."

"Oui, commandant, on voit très bien." confirma Adam en donnant du coude à Kevin.

"Oui, commandant, on voit absolument ce que vous voulez dire..." ajouta Kevin, soucieux de faire plaisir à son chef qui lui retourna un sourire satisfait.

"Comment pouvons-nous vous aider, commandant ?" proposa Adam.

Le commandant Partol, militaire pure souche, était un spectacle à lui seul. Son visage au poil ras et grisonnant était encadré par un béret ajusté en biais, ajoutant une touche de fantaisie maîtrisée à sa présence imposante. Sa tenue militaire en treillis, parfaitement assortie à celle d'Adam, créait un effet de miroir saisissant. Kevin avait l'impression de voir double, comme si les deux hommes étaient issus d'une même espèce en voie d'extinction.

Le commandant se tenait droit comme un piquet, sa posture rigide reflétant des années d'automatismes et de discipline militaire. Chaque mouvement semblait calculé pour un rendement maximal, prêt à déployer ses compétences martiales en brisant le mobilier et tout ce qui aurait osé se dresser sur son passage. Son regard perçant, combiné à son expression dure et autoritaire, en faisait une figure qu'on n'avait pas envie d'interrompre sans y avoir été invité. Et encore moins de contredire.

Son treillis immaculé et bien ajusté était orné de divers insignes, patchs et médailles, affirmant sa bravoure et son engagement au service de la patrie à chaque centimètre carré de tissu. Ses bottes noires luisantes et parfaitement cirées complétaient son apparence, rappelant à tous qu'il était un homme de terrain, prêt à affronter les défis les plus ardus sans sourciller.

Lorsque le commandant Partol se tenait aux côtés d'Adam, Kevin ne put s'empêcher de penser que son chef Adam ressemblait tout de même beaucoup à une version discount du commandant Partol.

Incapable de contenir son hilarité, Kevin commença à pouffer de rire, se retournant sur son siège pour faire face à ses écrans. Il observait du coin de l'œil un étrange échange de regards et de moues entre professionnels, un langage codifié. Le commandant demandait des explications à Adam au sujet de ce fou rire. Adam, se justifiant par moult expressions faciales, lui assurait qu'il n'en savait trop rien, que c'était sans doute nerveux, et qu'il priait le commandant de bien vouloir excuser son jeune collègue. Mais Kevin, ses poumons encore secoués, ne put maîtriser son hilarité. Le fou rire, persistant puis explosif, éclata, résonnant dans la pièce comme une détonation, forçant Adam et le commandant à reculer, surpris par la puissance de cet aboiement émanant d'un corps aussi frêle.

"Il a un problème," diagnostiqua le commandant en désignant Kevin d'un geste sec de la mâchoire, avant de se rapprocher d'Adam.

"Adam, j'ai besoin de votre aide. Le forcené a pris le contrôle d'un second bus, le numéro 3, toujours un de chez vous," expliqua le commandant.

Adam leva la tête avec énergie, comme s'il voulait marquer un but.

"Le 3 ?" demanda-t-il en vérifiant ses écrans, bien qu'il sût déjà qu'il n'y trouverait rien.

"Il roule, normal," indiqua Kevin, concentré sur son pupitre.

"C'est bien pour ça qu'on a un gros problème, mes enfants. Un très gros problème. Ce type est parvenu à marabouter vos systèmes. Le 3 est en grande vadrouille. Il vous a mis de la merde dans les yeux."

"Commandant, comment savez-vous que c'est le 3 ?" demanda Kevin, intrigué.

"On a un paquet de témoignages concordants. Il faut établir une communication via votre système et le broyer !" déclara le commandant Partol, écrasant la paume de sa main sur le bureau, faisant rebondir les claviers.

"Ça ne va pas être simple..." ajouta Kevin, pensif, cherchant déjà comment contourner ce genre de blocage.

"Ce type est, hélas, un véritable génie de l'informatique et nous avons besoin de vos compétences pour percer sa sécurité," débita le commandant avec une forme de fascination dans la voix.

Adam, relevant un sourcil avec intérêt, répondit : "Un génie de l'informatique ? Eh bien, Commandant, vous avez frappé à la bonne porte. Je suis prêt à relever le défi. Expliquez-moi les détails."

Le commandant Partol acquiesça, ses yeux plissés sur Adam. "Parfait. Mais je vous préviens : notre équipe technique a déjà tenté d'établir une connexion avec les outils que vous partagez avec nous. Mais nous avons échoué à chaque tentative. Le système est trop verrouillé. Mes meilleurs gars s'y sont cassé les dents. Nous devons établir une communication discrète pour obtenir des données en temps réel. C'est là que vous entrez en jeu."

Adam, affichant un sourire confiant, répondit : "Très bien, Commandant. Je vais prendre le relais et m'assurer que nous parvenions à établir cette communication."

"Attention : tout ceci reste entre nous. On est bien d'accord ?" imposa le commandant, pour s'assurer que l'incompétence de ses équipes ne se propage pas au-delà des murs de cette salle de contrôle.

"Comptez sur moi, commandant," rassura Adam, à deux doigts d'exécuter un salut militaire en bonne et due forme. "Pouvez-vous me fournir les détails techniques du système du bus, ainsi que les tentatives précédentes de votre équipe ?" demanda Adam en donnant un geste vif de la main à Kevin pour qu'il se calme.

Kevin, de nouveau au bord des larmes, sortit de la pièce en courant pour tenter de maîtriser son hilarité nerveuse. Adam en pleine crise de panique, demandant au commandant de lui expliquer comment fonctionnaient leurs propres bus, était la goutte de trop.

Le commandant et Adam, sans prêter attention à Kevin, continuèrent de travailler en étroite collaboration. Ils échangèrent des informations techniques, discutant des stratégies et affinant leur approche. Adam faisait oui de la tête mais ses sourcils se fronçaient à chaque fois un peu plus, jusqu'à n'en faire plus qu'un. Quand il passait en mode monosourcil, c'était le signe qu'il fallait envoyer les secours. Kevin, qui venait de retrouver une respiration normale, comprit qu'on avait enfin besoin de lui.

Kevin se faufila entre les deux hommes et prit la direction des manipulations pour tenter de localiser et de percer la défense du système de communication du bus piraté. Adam, en sueur, le regardait avec intérêt, bien qu'en réalité, ses yeux cherchaient simplement à retrouver leur focus après tant de stress.

Finalement, après presque une heure de travail acharné, Kevin réussit à casser les défenses du système de communication pirate du bus, établissant une connexion discrète avec ce dernier. Ils avaient désormais accès au son et aux images de l'intérieur du véhicule, sans que le suspect ne puisse les détecter. Le bus était sur écoute.

"Nous y sommes, Commandant. J'ai réussi à établir une communication sécurisée avec le bus. Nous pouvons maintenant obtenir les informations dont nous avons besoin pour localiser le suspect," déclara Adam avec un aplomb qui confinait au ridicule, agitant à nouveau la main pour indiquer à Kevin qu'il pouvait se retirer.

Le commandant Partol exprima sa gratitude avec une force dramatique presque shakespearienne : "Merci, Adam. Votre expertise a été précieuse dans cette opération. Maintenant, nous devons agir rapidement pour appréhender ce danger public qui menace toute la ville."

Blasé, Kevin retourna à son bureau, sans quitter des yeux les deux hommes ; un regard sombre et vide. Lorsqu'il retrouva un semblant de concentration, il ne put s'empêcher de rester fasciné par leur capacité innée à déformer la réalité.

Pas de doute possible, ils étaient ce que Kevin ne serait jamais : de vrais chefs.

La mission

La main de Jane s'était figée devant sa bouche entrouverte, suspendant en l'air un flocon de popcorn entre ses doigts délicats.

Elle était captivée par les derniers épisodes de sa série qui la plongeaient dans un suspense insoutenable. Elle priait pour une fin heureuse, où l'héroïne trouverait enfin le bonheur qu'elle méritait. Confortablement installée au fond de son lit, entourée de coussins, elle portait machinalement les pétales de maïs à sa bouche, gardant les yeux rivés sur l'écran. Soudain, son lit sursauta violemment, comme s'il chevauchait un taureau en plein rodéo. Le contenu de son bol de popcorn vola dans les airs, se déversant telle une pluie de météorites devant la télévision.

Jane se mit à genoux sur le lit, cherchant à comprendre ce qui l'avait soulevée de la sorte. Mais une secousse encore plus puissante la projeta violemment contre le mur. Elle bondit hors du lit, trébucha jusqu'au fond du bus. Sans perdre une seconde, elle grimpa jusqu'à la vitre arrière, qu'elle essuya rapidement avec sa manche. Un camion de police poursuivait le bus et le percutait, tentant de le faire dévier de sa trajectoire sur cette route isolée, hors de la ville et mal éclairée la nuit.

"Ici le commandant Partol, arrêtez immédiatement ce bus !" ordonna-t-il dans l'interphone auquel Adam et Kevin venaient de lui donner accès.

À travers les vitres opaques, Jane regarda la masse sombre qui poussait le bus sur le côté et sur laquelle deux silhouettes d'hommes se tenaient en équilibre. Elle gratta la vitre avec ses ongles pour mieux voir et découvrit un autre camion de police qui percutait avec force le flanc du bus. Elle fut projetée contre les portes du milieu et rebondit sur la barre centrale. Elle retomba au sol, à moitié assommée, près des corps d'Igor et des enfants inanimés.

"Je répète, arrêtez le bus maintenant !" insista le commandant Partol.

Redressée à quatre pattes, Jane se retrouva face à celui d'Igor. Son cœur manqua un battement en le voyant dans cet état. Les yeux d'Igor étaient fermés, sa peau d'une pâleur inquiétante qui virait presque au violet. Jane entendit des pas sur le toit du bus. Ils marchaient vers l'avant.

Elle se releva et avança en s'agrippant fermement à chaque pas pour atteindre l'interphone sans retomber. "Aidez-moi ! Pitié ! Aidez-moi !" implora-t-elle presque devant l'interphone.

"Qui êtes-vous ?" demanda le commandant, sa voix résonnant clairement sans grésillements ni saturation, ce qui redonna un peu d'espoir à Jane.

"C'est Jane ! Je suis piégée dans ce bus !" cria-t-elle encore plus fort, espérant être entendue malgré le vacarme du moteur à plein régime.

"Arrêtez le bus immédiatement !" ordonna le commandant, visiblement énervé.

"Je ne peux pas ! Je ne conduis pas le bus !" hurla-t-elle, faisant de son mieux pour se faire entendre au-dessus du bruit assourdissant.

Le commandant prononça encore quelques mots, mais Jane n'eut pas le temps de les comprendre. Le bus freina brusquement, glissant en avant. Déséquilibrée par surprise, Jane fut projetée contre le pare-brise, tentant désespérément de se rattraper avec ses bras en l'air. C'est alors qu'elle aperçut deux silhouettes chuter devant le véhicule. Avant qu'elle puisse réaliser ce qui se passait, le camion de police heurta violemment l'arrière du bus, l'entraînant dans une glissade rapide. Le bus roula sur les deux silhouettes qui venaient de tomber du toit.

Dans le chaos, le bus dériva en diagonale sur la route, poussant le second camion qui le poursuivait vers le bas-côté. La glissade se prolongea quelques secondes terrifiantes, jusqu'à ce que le bus retrouve une position alignée sur la route et que le moteur gronde à nouveau.

Jane était choquée par cette série d'événements tragiques qui s'étaient déroulés en un instant. Elle regarda, horrifiée, la scène devant elle. Deux larges tâches de sang glissaient sur le pare-brise, retenant en filigrane la trace des têtes des silhouettes.

Le cœur battant, elle se demandait ce qui se passait réellement.

"Bonjour, Jane..." dit la voix dans une avalanche de crépitements et de sons parasites stridents.

Elle dévisagea l'interphone avec un sentiment de dégoût mêlé à du mépris.

"Pourquoi faites-vous tout cela, Paul ?"demanda-t-elle, essoufflée. "Et où vous cachez-vous ? Vous êtes dans ce bus avec moi, je le sais !"

Une salve de grésillements émana de l'interphone, suivie par la voix qui déclara lentement en prononçant avec application chaque mot : "Je ne suis pas Paul..."

"Ne mentez pas, Paul, cela ne sert plus à rien." dit-elle, reprenant son souffle.

L'interphone grésillait et elle entendait une respiration lente.

"Vous vouliez punir votre famille de ne pas vous avoir aimé. Et vous vouliez me baiser, Paul. Vous vouliez me baiser ? Il fallait me le demander, tout simplement." continua-t-elle en tentant de résumer ce qu'elle avait compris.

"C'EST MOI QUI VAIS VOUS BAISER ! Arrêtez ce bus sur le champ ! Mes hommes vont tirer !" hurla le commandant Partol dans l'interphone.

Le commandant Partol se cramponnait au siège passager à l'avant du camion, suivant de près le bus. Malgré sa ceinture de sécurité, il s'accrochait à la poignée au-dessus de la vitre pour éviter d'être ballotté sur son siège. Ses yeux se posèrent sur Adam et Kevin à l'arrière, vêtus de tenues d'assaut.

"Votre merde ne marche pas !" grogna-t-il appuyant son propos d'un geste de mise à mort.

Adam regarda Kevin qui regarda Partol. "Vous venez de lui parler..." tenta-t-il pour se justifier.

"Ne jouez pas avec moi, petit. Votre merde marche une fois sur quatre. J'ai pas de vidéo. J'ai deux hommes en bouillie. Trouvez quelque chose, vite !" ordonna Partol avec des yeux pleins de fureur, avant de se retourner vers la route.

"Et si on tirait dans les pneus du bus ?" suggéra Adam, désireux d'aider.

"Adam, ne cherchez pas à m'apprendre mon métier !" grogna le commandant sans quitter la route des yeux.

Il saisit le combiné de la radio et communiqua avec le second camion qui semblait avoir réussi à reprendre la route après avoir dérapé sur le bas-côté.

Avec leurs casques et leurs gilets pare-balles trop petits, Adam et Kevin ressemblaient à des invités d'une soirée déguisée. Ce genre d'invités qui avaient pris très au sérieux le thème et avaient voulu pousser le réalisme à l'extrême pour impressionner la galerie, mais qui au fond étaient les plus ringards de la soirée. Kevin tapait frénétiquement sur le clavier de son ordinateur portable pendant qu'Adam, fixant l'écran en fronçant les sourcils, se grattait le casque.

Leur camion percutait une nouvelle fois l'arrière du bus. Adam et Kevin se trouvèrent projetés vers la grille qui les séparait du poste de conduite. Ils rebondirent et retombèrent au sol du compartiment arrière, tels des patates tombant de leur sac sur l'étale du marché. Après les secousses précédentes, Kevin était maintenant habitué à ces chocs de manège à sensations et avait gardé son ordinateur bien plaqué contre lui.

"Le vieux est à court d'imagination..." commenta-t-il en croisant le regard fatigué de son chef Adam, cherchant un semblant de complicité avec lui.

"Il sait ce qu'il fait. Faut lui faire confiance." tenta de rassurer Adam, coupant court à toute fraternité, alors que Kevin roulait les yeux au plafond.

"Alors, qu'est-ce qu'on a derrière ?" demanda le commandant en reposant le combiné de la radio.

"Commandant, Kevin travaille à grande vitesse pour trouver la solution, je..."

"Adam, dans dix minutes nous allons entrer dans le village de Bellevue. Il se trouve que ma vieille mère habite Bellevue. Vous voyez le topo Adam ?" interrompit le commandant sur un ton provocant.

"Oui, je vois très bien le topo, commandant... Kevin, tu as entendu ce que le commandant a dit. Nous devons trouver une solution rapidement. Comment se passe ton travail pour trouver une solution sur ton ordinateur ?" dit-il en se tournant vers Kevin avec une posture inconsciente de supplication.

"Non. Je n'ai rien, chef" proclama Kevin, presque avec satisfaction.

Les trois hommes échangèrent des regards perplexes pendant de longues secondes alors que le camion était secoué par les aspérités de cette petite route de campagne. C'était une sorte de concours de regards pour déterminer lequel d'entre eux serait le plus incapable de trouver comment bloquer ce bus lancé à pleine vitesse sans risquer de provoquer des dégâts dans toute la région. Amusé, mais tout de même impressionné par le visage fermé et l'œil vitreux du commandant, Kevin proposa une solution qui se trouvait devant eux depuis le début de la mission.

"On pourrait utiliser ce drone, non ?" suggéra-t-il en désignant un équipement qui semblait tout neuf et à peine utilisé.

L'angoisse envahissait progressivement le visage du commandant, telle une ombre sinistre.

Il secoua la tête, expliquant pourquoi ils ne pouvaient pas opter pour cette solution.

"Malheureusement, Kevin, nous sommes en effectifs réduits ce soir. Nous n'avons pas de pilote de drone disponible avant une bonne heure. Je ne peux pas me permettre de prendre des risques supplémentaires en utilisant cet appareil sans un professionnel qualifié."

Kevin, déterminé, se disait surtout qu'il serait amusant de piloter un drone militaire au moins une fois dans sa vie. Cette excitation se lisait facilement dans ses yeux écarquillés et son sourire jusqu'aux oreilles.

"Je peux essayer" dit Kevin, comme s'il avait fait ça toute sa vie.

Le commandant fronça les sourcils, une expression de terreur se dessinant sur son visage.

"J'ai toujours été doué avec les nouvelles technologies. Ça ressemble à notre seule chance de mettre fin à cette course-poursuite" ajouta Kevin, excellent négociateur.

Le commandant réfléchit longuement, fronçant encore davantage les sourcils, jusqu'à presque atteindre un mono-sourcil, un peu à la manière d'Adam. Avec ses derniers mots, Kevin avait marqué des points décisifs. Cependant, en stratège aguerri, le commandant Partol évaluait méticuleusement les risques et les bénéfices potentiels de cette idée. En plus, son expérience lui permettait de sentir immédiatement la détermination d'un homme à accomplir une action. Il se trompait rarement sur la volonté d'un homme d'action. Mais plus que tout, il ne voulait surtout pas finir par fracasser la mission en plein centre de Bellevue. Le temps lui était compté et il savait qu'il n'avait guère d'autres options.

"D'accord, mais fais attention. Tu devras être extrêmement prudent et rester concentré. Nous n'avons qu'une seule chance" murmura le commandant, comme s'il se parlait à lui-mêm.

Le visage d'Adam resta figé comme une photo. Le niveau de pression de cette situation lui était parfaitement inconnu. "Une seule chance...", ces mots résonnaient en boucle dans sa tête. Évidemment, il n'était pas un militaire entraîné à supporter ce genre de tension. Mais la manière dont il s'était immobilisé, sans même respirer, laissait craindre pour sa santé.

"Chef, vous allez bien ?" demanda Kevin par charité humaine.

"Adam, tout va bien ?" reprit le commandant en tapant sur le grillage pour attirer l'attention de l'homme de pierre.

Adam finit par tourner la tête et reprendre des mouvements plus naturels, cherchant sa respiration comme au sortir d'une plongée en apnée.

Le commandant Partol donna le feu vert à Kevin d'un geste assuré de la mâchoire. Kevin acquiesça avec un sourire confiant. Il savait qu'il se lançait dans l'inconnu, mais c'était leur seule lueur d'espoir. Ils mirent rapidement leur plan en action. Kevin déballa l'engin pendant qu'il entrait le code de déverrouillage communiqué par le commandant. Il vérifia l'état de charge des batteries et distribua un écran de contrôle au commandant par la petite trappe coulissante dans le grillage et l'autre à son chef Adam. Mais ce dernier gisait sur la banquette, évanoui.

Le commandant et Kevin échangèrent un sourire complice, veillant à ce qu'Adam reste bien attaché à la banquette en attendant son "retour".

Kevin prit rapidement le contrôle du drone avec une habileté qui le surprit lui-même, le faisant ensuite voler discrètement devant le camion, puis jusqu'au bus.

"Essaye par la trappe de secours à l'arrière, petit. Les gamins l'ont peut-être laissée ouverte" indiqua le commandant en gesticulant comme un agent de piste devant un avion, envisageant déjà mentalement quelle excuse il pourrait fournir à ses supérieurs si la mission échouait.

Jane passait d'une fenêtre à l'autre, tentant de comprendre d'où venait ce bruit strident à l'extérieur. Elle avait beau essuyer une fenêtre après l'autre, elle ne voyait rien de concluant.

"Un drone approche..." informa une voix.

"Où ça ?" demanda Jane, surprise de sa propre réaction, comme si elle faisait équipe avec son ravisseur.

Le commandant et Kevin restaient tous deux extrêmement concentrés sur les images que leur renvoyait le drone. L'engin avançait lentement sous le bus jusqu'à localiser une ouverture vers l'habitacle.

"JE L'AI !" s'écria Kevin en découvrant que la trappe de secours était bien restée ouverte à l'arrière du bus.

Son cri ramena Adam à la conscience. Il se redressa sur la banquette et s'étira comme s'il venait de passer une très bonne nuit.

Les yeux rivés sur son écran, le commandant murmurait ses instructions : "Monte... monte... maintenant avance... avance... encore un peu..."

Un silence s'installa entre les deux hommes quand l'intérieur du bus jonché de cadavres se révéla à eux sur les écrans de contrôle.

"C'est... c'est atroce" balbutia Kevin, en sueur

"Ne regarde pas le sol, petit. Concentre-toi sur elle !" ordonna le commandant en grimaçant lui-même.

"Il faut demander de l'aide à une autre équipe" tenta Kevin, essayant de retenir une profonde répulsion et une subite envie de vomir.

"L'autre équipe, c'est nous ! Ce n'est pas le moment de flancher. Reste concentré !" insista le commandant en s'essuyant le front chargé de sueur.

Jane apparut soudain sur les écrans de contrôle. Elle venait de se retourner et faisait face au drone.

Adam, proche de l'écran de Kevin, ajusta son casque pour mieux suivre la scène.

"TIRE ! TIRE MAINTENANT !" ordonna le commandant en exécutant son fameux geste de mise à mort.

Surpris par cette demande inattendue, Kevin perdit momentanément le contrôle du drone, qui se mit à zigzaguer dans l'habitacle du bus.

Adam, submergé par une nouvelle crise de panique à l'écoute de cet ordre martial, retomba lourdement au sol. Kevin suivit la chute bruyante de son chef du coin de l'œil.

"ATTENTION !" hurla le commandant en voyant le drone chavirer. "Ne t'occupe pas de lui. Vise et tire. Maintenant !" répéta-t-il avec véhémence.

Kevin se mit à transpirer à grosses gouttes. Il n'avait pas du tout prévu d'utiliser le drone de cette manière. Ce qu'il imaginait être une partie de jeux vidéo grandeur nature se transformait en une véritable opération militaire.

"Commandant, je ne suis pas sûr de pouvoir faire ça" avoua Kevin. Son front était trempé de sueur. Sa voix tremblante s'étranglait presque. "Je veux vous aider, mais je ne peux pas blesser quelqu'un", termina-t-il, comme sonné.

Le commandant comprenait les sentiments de Kevin et savait que cette situation était difficile pour un jeune homme habitué à surveiller des trajets de bus. Il prit une profonde inspiration et dit d'une voix calme : "C'est notre seule option. Ne la gâche pas."

La pression était totale dans l'esprit de Kevin. Cette situation était une première pour lui qui ronronnait d'ennui en général devant ses écrans en attendant la fin de son service. Il savait que ce moment de bascule pouvait changer beaucoup de choses, y compris sa propre vie. Il regarda à nouveau Jane à travers la caméra du drone. Elle était toujours inconsciente du danger qui planait sur elle. Il savait que le temps était compté et que chaque seconde comptait.

"Kevin" continua le commandant de sa voix la plus douce et la plus rassurante possible, contrastant fortement avec ses habituels aboiements autoritaires, "nous devons agir maintenant. Si nous attendons plus longtemps, la situation pourrait devenir encore plus dangereuse."

Kevin hésita encore un instant, les pensées tourbillonnant dans son esprit, puis prit une décision difficile. Il savait qu'il devait faire confiance au commandant. "Je vais essayer de la neutraliser sans lui faire de mal", répondit-il, retrouvant peu à peu son courage ainsi qu'une respiration plus calme.

Le commandant Partol comprit à cet instant précis que la situation venait de lui échapper. À court d'options, il avait confié la partie la plus critique de l'assaut à ce jeune homme, conscient que ce dernier hésiterait à utiliser l'arme du drone. Au fond de lui, il savait évidemment que cela risquait d'arriver.

Le cœur battant, Kevin ajusta les commandes du drone pour le stabiliser et le faire approcher doucement de Jane. Il cherchait désespérément un moyen de la désarmer sans user de force excessive.

Alors que le drone se rapprochait silencieusement, une idée germa dans l'esprit de Kevin. Il pouvait utiliser le jet d'air comprimé chargé de paralysant. Cela lui permettrait de créer une rafale autour de Jane, suffisamment puissante pour la désorienter sans la blesser.

"Je vais utiliser le spray paralysant" informa Kevin, très concentré, alors que le commandant acquiesçait d'un hochement de tête.

Avec une précision incroyable, Kevin actionna le mécanisme du drone, libérant un jet d'air comprimé en direction de Jane. La rafale souffla autour d'elle, la faisant reculer de quelques pas. Elle fixa la machine volante, tentant de comprendre ce qui venait de se produire.

"DÉTRUIS CE DRONE..." ordonna la voix, plus saturée de grésillements que jamais, rendant les mots à peine discernables.

Jane était terrifiée, à bout de nerfs, retenant avec peine des sanglots désespérés. Elle se tourna vers le drone, ignorant les injonctions de la voix malveillante.

"Aidez-moi, je vous en supplie, aidez-moi !" implora-t-elle d'une voix tremblante, pleine de désespoir.

Le repas de Noël

Jade ne s'était même pas rendu compte qu'elle venait de terminer une tablette entière de chocolat. Après le plaisir immédiat, la gloutonnerie cédait la place à cette culpabilité froide d'avoir invité trois kilos supplémentaires dans sa vie. Elle ne savait pas exactement combien, mais c'est ce qu'elle s'imaginait. Elle savait néanmoins qu'il y aurait des conséquences. Et ces conséquences, comme tous les grands amateurs irraisonnés de chocolat, elle les détestait. Très consciente des souffrances de ce monde, et en particulier de la famine, elle culpabilisait aussi d'avoir le luxe de pouvoir dévorer une tablette d'un coup et de recommencer le lendemain si cela lui chantait. Bref, sa relation avec le chocolat était des plus compliquées.

Jane se releva de son lit où elle était confortablement installée, en quête d'une bouteille d'eau pour se rincer la bouche. Mais dès qu'elle posa un pied à terre, elle fut prise de violents vertiges qui la firent tituber tout le long du couloir obscur du bus, avant de terminer sa course, à moitié vautrée, entre la banquette arrière et le plancher.

Ses douleurs à l'arrière du crâne et tout le visage autour de sa bouche la ramenèrent brutalement à cette réalité, sans tablette de chocolat.

Elle se redressa avec difficulté et contempla longuement ce nouveau véhicule en attendant que ses vertiges se dissipent. Maladroitement, elle observa son propre corps, ses bras et ses mains. Elle portait désormais une robe longue noire, un peu fendue sur le côté, et des escarpins qui lui serraient les orteils. Ses cheveux étaient coiffés en chignon et ses ongles manucurés avec un savoir-faire indéniable. En relevant la tête avec l'aide d'un bras, elle sursauta en arrière, retombant sur le plancher. L'intérieur du bus venait de s'illuminer de mille lumières, et une vidéo de présentation se lança sur tous les écrans, le son à pleine puissance.

"*Bienvenue dans ce bus moderne et luxueux, métamorphosé en un véritable paradis hivernal pour les fêtes de Noël ! En pénétrant, vous serez immédiatement frappé par l'atmosphère magique qui règne ici.*

Les sièges, d'un confort exceptionnel, sont habillés d'un tissu doux et moelleux, harmonieusement assorti avec des touches de rouge et de vert, évoquant ainsi les couleurs traditionnelles de Noël. Chaque siège est agrémenté d'accoudoirs en bois finement travaillés, ajoutant une touche d'élégance et de sophistication.

Le sol est recouvert d'un parquet véritable, aussi doux qu'un nuage, qui vous procurera un confort absolu à chacun de vos pas. Ce parquet est gravé d'un motif hivernal féérique, avec des flocons de neige et des étoiles, transportant votre imagination vers des paysages enneigés.

Les fenêtres, véritables tableaux de Noël, sont parées de décorations enchantées. Des autocollants délicats, représentant des flocons de neige et des bonshommes de neige, ornent les vitres, tandis que de petites guirlandes lumineuses, habilement disposées autour des montants, diffusent une lueur festive vers l'extérieur.

Le plafond est décoré de suspensions lumineuses éblouissantes, créant un effet céleste et magistral. Ces lumières scintillantes diffusent une douce aura, conférant à l'intérieur du bus une ambiance des plus féériques.

Des affiches de Noël imposantes, magnifiquement encadrées, embellissent les parois du bus. Elles vous transportent dans des scènes hivernales pittoresques, où règnent l'amour, la joie et la convivialité propres à cette période enchantée de l'année.

Pour compléter cette expérience sensorielle, une mélodie douce et envoûtante, typique des fêtes de Noël, s'échappe discrètement des haut-parleurs, créant ainsi une ambiance harmonieuse et réconfortante.

Ce bus public moderne, luxueux et décoré avec soin pour les fêtes de Noël, vous offre une occasion unique de vivre un voyage paisible et confortable en vous enveloppant de l'esprit magique et chaleureux de cette merveilleuse saison."

Jane était stupéfaite, tant au sens propre qu'au figuré. Ce n'était plus un bus qui s'offrait à elle, encore assise par terre, mais un parc d'attractions roulants à la gloire de Noël. Ces couleurs rouges et vertes, ces lumières clignotantes, ces boîtes de cadeaux disposées ici et là, ces musiques pittoresques accompagnées de clochettes et de sons de traîneaux... Il ne manquait plus que le Père Noël lui-même pour parfaire cette ambiance.

D'un geste énergique, elle ôta le pansement qu'on lui avait collé sur le nez et tenta de voir à l'extérieur de ce nouvel univers. Elle fut vite interrompue.

"Bonjour Jane..." dit la voix, cette fois sans aucun grésillement et avec une clarté cristalline. Cette nouvelle voix emplissait chaque centimètre cube de la cabine, de manière grave, puissante et chaleureuse, comme si elle cherchait à apaiser l'âme de Jane avec chaque mot prononcé.

Elle pensa un instant qu'elle avait affaire à un obsédé des bus. Puis elle se rendit compte que le véhicule n'avançait plus. Il était à l'arrêt, quelque part dans un lieu qu'elle ne parvenait pas à identifier. Toutes les vitres étaient recouvertes de décorations et tout ce qu'elle percevait à l'extérieur était une obscurité épaisse et insondable. Elle se dit que son bourreau avait sans doute déployé tous ces efforts de décoration pour se faire pardonner. Efforts vains à ses yeux, car elle détestait cette fête qu'elle considérait aussi comme vulgaire et commercialement obscène.

Elle s'approcha de la petite table, adossée à la paroi du bus et magnifiquement décorée. Elle fut émerveillée malgré elle par la vue des couverts somptueux qui brillaient à la lueur des chandelles scintillantes. Elle s'installa avec grâce sur le fauteuil confortable qui lui était réservé.

La voix, teintée d'excitation, l'invita : "Bienvenue, Jane, à ce repas de Noël. Nous avons préparé un festin digne des occasions les plus spéciales. Laissez-vous choyer et profitez de chaque instant de ce moment magique."

Abasourdie, elle fixa les écrans qui diffusaient les détails d'un festin de Noël. Elle avait du mal à comprendre cette mise en scène et se sentait gênée et déconcertée.

"Vous êtes splendide ce soir, Jane..." complimenta la voix, en diffusant des images d'elle-même. Elle réalisa alors qu'elle était habillée et apprêtée comme une princesse, ce qui la mit encore plus mal à l'aise, ne sachant que faire ni de ses mains ni de son corps.

Une trappe s'ouvrit sur le côté et un plateau chargé de délicieuses bouchées apéritives glissa jusqu'au centre de la table. Jane les observa, les renifla à distance, puis, tentée par leur apparence alléchante, les savoura avec délectation. Les saveurs exquises explosèrent dans sa bouche, lui offrant un avant-goût des délices à venir.

La voix, devenue musicale et enchanteresse, reprit : "Nos chefs talentueux ont concocté un menu spectaculaire pour vous ce soir, Jane. Préparez-vous à être transportée par des plats raffinés et des saveurs harmonieuses qui éveilleront tous vos sens."

Le premier plat fut retiré et un second glissa au centre de la table. Un mélange d'arômes et de couleurs éblouit Jane. Elle découvrit avec émerveillement un assortiment de mets délicats : des fruits de mer frais et parfumés, des légumes croquants et des sauces délicieusement assorties. Chaque bouchée était une véritable symphonie gustative qui caressait son palais. Chaque mets délicat était accompagné de son vin, dans un mariage de saveurs étudié avec précision.

Pendant tout le repas, la voix guida Jane à travers les différents plats, décrivant leur composition et leur préparation avec passion. Les plats s'enchaînèrent : une soupe onctueuse, une volaille tendre et juteuse, des accompagnements savamment préparés et des desserts somptueux.

La voix conclut avec enthousiasme : "Ce repas de Noël est bien plus qu'un simple festin, Jane. C'est une expérience culinaire célébrant l'amour, la joie et la magie de cette période spéciale de l'année. Profitez-en pleinement, Jane, car vous méritez ce moment d'exception."

Jane se surprit à savourer chaque bouchée, s'immergeant dans l'atmosphère enchanteresse de ce repas de Noël surpassant tout ce qu'elle avait connu auparavant. Elle se sentit choyée et, au final, reconnaissante d'avoir eu l'opportunité de vivre une expérience si extraordinaire.

La voix s'intéressa alors à Jane et demanda curieusement : "Dis-moi, Jane, quel est votre genre de musique préféré ?" Jane, souriante, répondit avec enthousiasme : "J'adore le jazz !" Immédiatement, la voix exauça son souhait et diffusa un morceau de jazz lent et raffiné, avec des basses profondes et des aigus cristallins emplissant l'espace du bus d'une douce mélodie.

Soudain, sous le regard médusé de Jane, deux boules à facettes descendirent de manière synchronisée du plafond, répandant une myriade de lumières chatoyantes dans tout l'espace. Une atmosphère chaleureuse et amicale de discothèque s'installa en un rien de temps, donnant l'impression d'une fête intime et conviviale.

Alors que la porte avant du bus s'ouvrait doucement, la voix invita Jane à se préparer à une surprise. Curieuse et déjà un peu éméchée, elle tourna la tête vers l'entrée et dut s'accrocher pour rester debout. Elle aperçut alors une silhouette élégante, vêtue d'un smoking noir à nœud papillon, s'approchant d'un pas félin avec un sourire amical.

La silhouette s'approcha de Jane et dit d'une voix douce : "Enchanté, Jane. Permettez-moi de vous inviter à danser sur cette merveilleuse musique." Jane, surprise mais ravie, accepta l'invitation avec plaisir, sans chercher à comprendre qui se cachait derrière ce masque blanc de carnaval de Venise. Elle se contenta de profiter de l'instant tel qu'il se présentait à elle. Il sentait bon, un mélange de vanille et d'ambre. Ils se dirigèrent vers le centre du bus comme s'ils se connaissaient de longue date et se laissèrent emporter par les rythmes enjoués de la musique.

Dans cette ambiance chaleureuse et festive, Jane en oublia presque sa captivité.

Après quelques morceaux, son cavalier se retira par la porte d'où il était venu. Elle ne chercha pas à le suivre pour tenter de sortir du bus. De toute façon, avec son ivresse et ses talons, elle s'était probablement évité de se vautrer sur toute la longueur de ce beau parquet. D'ailleurs, elle soupçonnait même qu'il n'y eut pas que du vin dans ces magnifiques verres généreusement remplis pendant le repas.

"Jane... l'heure du cadeau de Noël a sonné..." dit la voix avec une insistance bienveillante.

Jane regarda de nouveau autour d'elle, interloquée, car il y avait de nombreuses boîtes de cadeaux disposées un peu partout.

"Choisissez celle que vous voulez..." proposa la voix.

Elle hésita quelques secondes encore, avant de s'approcher d'une jolie boîte au papier métallisé, qui virait du rouge au violet selon l'angle.

"Allez-y... ouvrez votre cadeau..." invita la voix, aiguisant davantage sa curiosité.

Jane tira délicatement sur un bout du nœud bouclé au-dessus de la boîte, qui se détacha sans résistance. Amusée, elle se surprit à déballer le reste de l'emballage avec l'empressement d'un enfant impatient. Elle avait choisi une boîte de taille moyenne, légèrement allongée et de couleur noire, avec son prénom gravé en lettres d'or sur le couvercle. Un sourire intérieur se dessina sur son visage, consciente des efforts déployés par la voix pour l'impressionner.

Elle souleva le couvercle, mais celui-ci s'ouvrit lentement, retardé par un système air-coulissant conçu pour prolonger la tension de la découverte. Enfin, le couvercle fut retiré. Le visage de Jane se figea, tout comme son bras encore en l'air, tenant le couvercle. À travers une fine feuille de papier blanc, les contours allongés d'un pistolet à crosse rugueuse et à canon argenté se dessinaient.

"Il vous plaît ?" demanda la voix.

Jane saisit le pistolet et le manipula maladroitement. Elle chercha à tâtons le mécanisme pour ouvrir le barillet et finit par y arriver.

"Il n'y a qu'une balle, Jane..." dit la voix, satisfaite.

Elle leva les yeux autour d'elle avec la haine de celle qui vient de se faire avoir une fois de plus.

"J'ai pu observer votre créativité, Jane... voici votre prochaine instruction..." ajouta la voix d'un ton plus sérieux.

Jane n'avait plus aucune intention de se plier aux ordres de ce maniaque dissimulé derrière ce cirque de Noël et cette voix altérée. Elle détestait qu'on lui vole sa liberté et son temps sans sa permission. Plus que tout, elle haïssait Noël. Et par-dessus tout, elle méprisait les lâches qui se cachent comme des larves derrière une voix déformée.

L'alcool aidant, Jane avait atteint ce point critique où l'envie de fuir surpassait tout le reste.

Elle souhaitait que ce jeu sadique prenne fin au plus vite.

Elle était pleinement consciente que personne ne viendrait à son secours. En ce soir de Noël, elle savait pertinemment que personne ne l'attendait. En fait, personne ne l'attendait vraiment dans sa vie en général. Si elle devait périr cette nuit-là, il y aurait peu de personnes pour la pleurer. Ce constat amer lui était familier, et cette situation inhabituelle et pénible ne faisait que le souligner avec une cruauté impitoyable. C'était sa dure réalité.

Elle n'avait jamais fait d'efforts particuliers pour se faire de véritables amis, ces personnes qui l'auraient comprise et soutenue. Des amis qu'elle aurait aussi aidés à grandir, elle qui aimait tant répandre le bien autour d'elle. Trop souvent exploitée et considérée comme naïve, son entourage lui avait maintes fois fait comprendre qu'elle n'appartenait pas au bon monde et, sans le dire, qu'elle manquait de cette cruauté qui impose le respect aux autres. Sa relation avec sa mère ne lui servirait pas de bouée de sauvetage non plus. Devenue polie et distante, leur relation les maintenait sur des chemins séparés, chacune sachant pertinemment qu'ils ne se croiseraient jamais vraiment.

Et puis, il y avait l'amour... Elle l'avait cherché désespérément, multipliant les aventures, parfois d'un soir, pour finir par être cataloguée comme une fille facile. Facile et incapable de donner la vie.

Sans nul doute, Jane savait qu'elle ne comprenait rien à cette existence qu'on lui demandait de vivre, et à laquelle elle se tenait mécaniquement, sans passion, sans pulsion. À un âge où certaines avaient déjà construit un empire, échoué, puis en avaient reconstruit un autre, son travail dans une fabrique de coussins vibrants en province ne l'avait jamais réellement... fait vibrer.

Elle renifla, son nez coulait. D'un geste distrait, elle s'essuya avec la manche de sa robe, trahissant ainsi son abandon et son incapacité à prendre soin d'elle-même avec dignité. C'était une forme de régression vers l'enfance, une fuite. Elle regrettait de souiller cette belle robe qu'on lui avait enfilée pour la mettre en valeur, en vain. Et cette unique balle, elle ressemblait à un message final. Les larmes coulèrent sur son visage tandis qu'elle la contemplait, magnifique dans sa robe métallique, parfaitement nichée dans le barillet, prête à être libérée avec le pouvoir de tout changer de manière définitive. Le sadique qui avait orchestré cette tragédie à l'ancienne ne pouvait probablement pas imaginer à quel point cette balle ne représentait pas une menace pour Jane, mais plutôt la clé d'une porte vers sa complète évasion.

"Vous pleurez, Jane..." observa la voix, un peu contrariée.

Elle ne répondit pas. Elle referma le barillet en veillant à ce que la balle soit bien en position. Elle introduisit le canon dans sa bouche, sans presque l'ouvrir, bien profond, en tenant l'arme en diagonale avec le pouce sur la détente pour viser efficacement le cerveau. Un seul détail la chagrinait : que la gerbe de sang soit invisible avec tout ce rouge déjà présent dans le décor. Mais au moins, si le canon était bien dans l'axe comme elle le supposait, elle aurait la fierté d'avoir envoyé une partie de sa cervelle s'accrocher au plafond. Puis, en retombant sur l'un des petits sapins joliment décorés, elle servirait de guirlande.

"Jane, que faites-vous ?" demanda la voix sans attendre.

Jane regardait les écrans qui diffusaient son image. Elle se voyait de face et de profil. Cela lui permit de mieux ajuster l'angle du canon dans sa bouche pour toucher à coup sûr la cible. Jane aimait la précision.

Était-elle prête à appuyer sur la gâchette ? Oui, bien sûr. À cet instant précis, toute la rancœur contre elle-même, méticuleusement nourrie au fil du temps, était remontée à la surface et lui nouait la gorge : ses espoirs, ses désillusions, sa vie ratée. En vérité, elle ne lui avait rien fait, la vie. C'était plutôt elle qui n'avait pas fait ce qu'il fallait pour se construire la vie qu'elle attendait. Cette vie dont elle rêvait mais qu'elle n'avait jamais eu le courage de se bâtir. Cela, elle le savait parfaitement. Et personne ne serait là ce soir pour lui dire que tout était encore possible. Pour couronner le tout, elle ne supportait pas ce rôle de jouet docile dans les mains d'un malade. Elle n'avait aucune pitié pour cette idiote de Jane qui n'avait rien trouvé de mieux que de monter dans ce bus miteux, la veille de Noël en plus.

Elle ferma lentement les yeux, prête à accueillir cette jolie balle à la robe dorée en elle.

"JANE !" hurla la voix, faisant trembler tout l'habitacle du bus, avant de se perdre dans une quinte de toux, comme si elle avait avalé de travers.

Intriguée, Jane rouvrit les yeux.

"Reposez ce pistolet..." supplia la voix.

Jane cherchait mentalement dans sa liste de contacts qui pouvait être le con qui se cachait derrière cette voix, et qui visiblement, tenait à elle. Cet accoutrement luxueux, ce dîner de fête, et maintenant cette supplication de rester en vie... Pourtant, elle ne trouvait personne qui puisse s'intéresser à elle à ce point. En revanche, presque tous ses contacts auraient pu vouloir la tourmenter au point que la mort devienne une option.

"A quoi sert cette balle alors ?" interrogea-t-elle d'un air moqueur en prononçant avec difficulté alors qu'elle retirait le canon de sa bouche.

La voix resta silencieuse pendant quelques secondes, comme si elle cherchait à se sortir de son propre piège.

"Vous pouvez sortir, Jane..." murmura la voix, devenue sinistre, tandis que les portes du bus s'ouvraient et que les lumières s'éteignaient lentement.

Les yeux de Jane clignèrent plusieurs fois, cherchant à s'habituer à l'obscurité oppressante qui l'enveloppait. Son cœur battait frénétiquement dans sa poitrine, tandis qu'elle avançait prudemment vers les portes centrales. Chaque pas résonnait dans le silence, faisant écho à ses battements de peur.

Tenant fermement son arme, Jane fit quelques pas supplémentaires. Mais le cliquetis de ses talons lui semblait une alerte mortelle. Avec précaution, elle les retira, les laissant glisser au sol sans un bruit.

La porte ne débouchait pas sur le monde extérieur. Il n'y avait ni lueurs rassurantes, ni flocons de neige tourbillonnant, ni souffle de vent. Elle avait été transportée ailleurs, loin de la ville, loin de la route sinueuse sur la colline. L'extérieur du bus était sidérant de silence.

Un cri de terreur menaça de jaillir de la gorge de Jane, mais elle le réprima de justesse. À la place, une sueur froide perla sur son front, descendant en gouttes le long de sa nuque, se glissant dans les replis de son décolleté. D'autres gouttes de sueur froide perlaient également de ses aisselles vers ses flancs.

Arrivée devant les portes doubles, elle commença à percevoir un souffle, une respiration rauque qui lui glaça le sang.

Le cœur battant à tout rompre, Jane rassembla son courage et avança, un pas après l'autre, dans l'obscurité suffocante. La respiration rauque tourbillonnait autour d'elle, invisible, insaisissable. Chaque inspiration sifflante éveillait des frissons d'effroi qui se propageaient le long de sa colonne vertébrale.

La peur la serrait de toutes parts, faisant naître une angoisse indescriptible dans son esprit. Ses sens étaient en alerte maximale, traquant le moindre signe de danger, mais cette présence restait insaisissable, se jouant d'elle dans cette atmosphère ténébreuse.

Soudain, un courant d'air glacé balaya ses cheveux, faisant frissonner sa peau moite. Elle sentit des souffles irréguliers frôler son cou, glisser le long de son échine, comme des doigts fantomatiques en quête de contact. Son souffle se figea dans sa gorge, tandis que des picotements d'horreur parcouraient son frêle corps.

Elle aurait voulu hurler, s'enfuir, mais elle était prisonnière de cette obscurité insondable, impuissante face à ce prédateur invisible. Sa main tremblante resserra sa prise sur le pistolet, mais elle ne pouvait tirer sur une cible qu'elle ne voyait pas.

La tension était à son comble, chaque fibre de son être saturée d'une anxiété insoutenable. La respiration rauque se faisait de plus en plus intense, insinuant son venin sinistre dans son esprit déjà ébranlé. Jane était au bord de la rupture, prête à succomber à la terreur qui menaçait de la submerger totalement.

Les repères spatiaux lui échappaient, et Jane se retrouvait désorientée, incapable de déterminer la position actuelle du bus. Les contours de l'environnement semblaient s'estomper, brouillant les limites de la réalité. Elle était prisonnière d'un labyrinthe obscur où la perception de l'espace s'était évanouie.

Le souffle rauque s'approchait, s'intensifiant à chaque instant, jusqu'à se mêler à la chair de Jane d'une manière terrifiante et pourtant étrangement sensuelle. Tel un serpent rampant dans les recoins obscurs de son esprit, il effleurait sa peau, déclenchant une cascade de frissons d'horreur et d'excitation qui se mêlaient en une danse macabre.

Elle pouvait presque sentir les souffles irréguliers lui caresser les bras, remonter lentement le long de son cou, l'envelopper dans une étreinte invisible. Les ténèbres nourrissaient son imagination, amplifiant les sensations, les rendant plus tangibles, plus intenses.

Chaque contact furtif lui procurait une vague de dégoût mêlée d'une curieuse fascination. Le paradoxe de la terreur et de l'attraction la maintenait dans un état d'incertitude et d'excitation interdite.

Elle se sentait à la merci de cette présence indéfinissable, partagée entre la pulsion de s'échapper et l'envie perverse de découvrir l'identité de son assaillant invisible. La tension était à son paroxysme, son esprit se débattant dans un tourbillon de désir et de peur, ne sachant plus où se placer dans cette dualité troublante.

Chaque respiration sifflante faisait frissonner Jane de la tête aux pieds, provoquant des échos troublants dans son être. Elle avait l'impression que chaque souffle portait avec lui une promesse sombre, une invitation à plonger dans l'abîme de l'inconnu.

Malgré la terreur qui la parcourait, elle ne pouvait s'empêcher d'être captivée par cette tension horrifiante, comme si l'obscurité elle-même avait réveillé en elle une part sombre et cachée. Son corps réagissait avec une étrange complicité, vibrant sous les caresses insaisissables de cette présence invisible.

Dans cet instant inextricablement mêlé de terreur et de sensualité, elle sentait qu'elle se trouvait à la croisée des chemins, sur le fil tranchant entre la vie et la mort, entre la sécurité et l'abandon. Une part d'elle voulait céder à cette séduction morbide, se laisser emporter par les abysses de l'interdit, tandis qu'une autre part d'elle-même résistait avec férocité, luttant pour sa survie et son échappatoire.

Cette tension se refermait sur elle comme une toile d'araignée enveloppante, cette terreur envoûtante qui la poussait à avancer, à succomber, offerte, à l'obscurité qui l'entourait.

Le souffle rauque persistait, de plus en plus près, dans cette danse macabre entre l'horreur et la séduction. Elle se trouvait au bord de l'abîme, prête à franchir le seuil qui lui ouvrirait les portes d'un plaisir intense et dangereux, ou peut-être, juste peut-être, d'une évasion vers une liberté insoupçonnée.

LE BUS DE LA PEUR

La lumière

Jane ferma instinctivement les yeux, mais même l'obscurité ne pouvait étouffer les puissantes lumières qui la braquaient, l'aveuglant et faisant surgir l'ombre menaçante des policiers devant elle. Ses mains se dressèrent en visière au-dessus de ses yeux tandis qu'elle tentait de distinguer leurs visages.

"Qu'est-ce que c'est ?" murmura-t-elle, surprise et anxieuse, mais la réponse fut immédiate.

"NE BOUGEZ PLUS !" hurla le commandant Partol d'une voix rauque et puissante, semblable à un grondement sauvage. Son équipe se déploya en un arc de cercle autour d'elle, leurs armes pointées droit sur elle, prêtes à frapper. Leurs respirations saccadées emplissaient l'air, répercutant la tension palpable. Adam et Kevin se trouvaient en retrait, leurs silhouettes éprouvées témoignant d'une course effrénée. Adam se redressa avec peine, cherchant désespérément de l'air.

"Qu'est-ce qui se passe ici ?" Jane essayait de comprendre la situation, perdue et désorientée dans ce cauchemar étouffant.

Le commandant avança d'un pas, ses jambes écartées et ses poings serrés sur ses hanches, dégageant un sentiment de puissance inébranlable.

"Je suis le commandant Partol," se présenta-t-il en bombant le torse pour montrer son courage à ses troupes, et en appuyant sur son nom, comme s'il venait de planter un drapeau sur une terre inconnue. "Vous êtes en état d'arrestation," annonça-t-il d'un ton glacial, pointant un doigt accusateur vers elle tout en protégeant sa bouche avec son autre main. "ARRÊTEZ-LA !"

Les hommes du commandant s'avancèrent prudemment vers Jane, leurs armes braquées, leurs regards empreints de stupéfaction et de terreur. Adam, à bout de souffle, essaya de rassurer Jane, tandis que Kevin peinait à reprendre le contrôle de sa respiration.

"PLUS VITE !" rugit le commandant pour galvaniser ses troupes, affichant une bravade apparente.

"Attendez, qu'est-ce qui se passe ? Pourquoi m'arrêtez-vous ?" Jane était perdue, cherchant des réponses dans ce chaos.

Les policiers s'approchèrent rapidement, la saisissant fermement, un bras de chaque côté. Jane se débattit, mais leur étreinte était implacable.

"MAIS ARRÊTEZ ! VOUS ME FAITES MAL !" hurla-t-elle, sentant ses bras ensanglantés lui brûler douloureusement.

Le commandant esquissa un sourire satisfait, savourant la scène comme s'il s'agissait d'un triomphe personnel. "C'est moi qui vous arrête ! Damien, notifiez-lui ses droits."

D'une voix monotone et hésitante, le policier commença à réciter les droits de la suspecte, officialisant ainsi son arrestation.

Jane regarda ses bras ensanglantés, le visage désespéré, cherchant des explications dans le sourire malsain du commandant Partol.

"Qu'est-ce que vous m'avez fait ?" implora-t-elle d'un ton suppliant, alors que l'ombre menaçante du thriller prenait racine autour d'elle, emportant son monde dans une spirale infernale de tension et de mystère.

Le commandant Partol lui montra son téléphone, qu'il tenait face à elle, en mode selfie.

Avec appréhension, Jane contempla son image sur l'écran du téléphone. L'effroi s'empara d'elle alors qu'elle découvrait l'horreur qui se dessinait sur son visage. Du sang maculait ses lèvres, ses joues, et s'était répandu dans ses cheveux, créant une apparence cauchemardesque.

Jane leva les yeux vers le commandant, l'expression de stupéfaction et d'incompréhension gravée sur son visage. "Qu'est-ce qui s'est passé ? Pourquoi suis-je couverte de sang ?"

Le sourire suffisant du commandant Partol se transforma en une lueur malveillante dans ses yeux. "Vous ne vous souvenez pas, Jane ?"

dit-il en approchant davantage l'écran de son téléphone du visage de Jane.

Le choc la submergea alors que les souvenirs fragmentés de cette nuit infernale lui revenaient en mémoire. Des flashes d'altercations violentes, des hurlements, le feu, le goût métallique du sang dans sa bouche, tout cela se mélangeait dans son esprit troublé.

"Non... ce n'est pas possible..." bégaya-t-elle, déchirée entre le doute et la réalité implacable qui lui était présentée.

Le commandant et les policiers qui l'entouraient observaient son désarroi avec une curiosité malsaine. L'écran du téléphone reflétait une image terrifiante, comme si elle ne reconnaissait plus une partie d'elle-même.

La tension monta d'un cran, et Jane sentait que le piège se refermait inexorablement sur elle. Les questions se bousculaient dans sa tête, mais les réponses semblaient se dissoudre dans un labyrinthe d'ombres et de mensonges.

Tout en gardant son arme pointée sur elle, le commandant Partol s'approcha, sa voix suintant le venin de la manipulation. "Il est trop tard pour nier. Nous avons des témoins visuels. Votre image, votre voix sont partout, et probablement votre ADN aussi. Vous êtes coincée."

Cette mise en scène extravagante la remplissait de colère. Elle savait qu'elle était innocente. Au plus profond d'elle-même, elle sentait que quelque chose de plus sombre et de plus complexe se cachait derrière tout cela. Mais comment prouver son innocence lorsque tout semblait si accablant ? Elle commença à secouer ses bras, puis tout son corps pour se libérer des deux policiers qui la tenaient, mais échoua. Les policiers la tenaient plus fermement encore et la soulevèrent du sol pour empêcher toute tentative de fuite.

"Écoutez-moi ! J'ai été kidnappée ! Pendant des heures interminables, j'ai lutté pour m'échapper, j'ai essayé désespérément de fuir cet enfer... Mon téléphone, il avait tout verrouillé pour m'empêcher d'appeler à l'aide... À un moment, j'ai réussi à m'échapper, dans une nuit noire et embrasée par le feu... Mais il m'a retrouvée, toujours à mes trousses, ne me laissant aucun répit... Je vous en supplie, vous devez m'aider !"

Ses paroles, chargées de terreur, résonnaient dans ce sombre endroit perdu au milieu de nulle part. Elle avait cru que la liberté lui tendait enfin les bras, mais à présent, elle se retrouvait à la merci d'autres prédateurs, cette fois-ci en uniforme. Les policiers, censés la protéger, semblaient être devenus ses pires cauchemars, la plongeant dans un abîme de méfiance.

Tandis qu'elle revivait avec horreur chaque instant traumatisant, son regard scrutait les visages complices devant elle. Un frisson glacial parcourut son échine lorsqu'elle réalisa que son calvaire était loin d'être terminé. Son cœur manquait des battements, telle une horloge détraquée, alors que ses mains tremblantes et ensanglantées suppliaient le commandant Partol de l'aider.

Kevin s'avança discrètement vers le commandant, désireux d'observer de plus près le visage de Jane. Ses yeux la fixaient avec un mélange troublant de dégoût et de fascination. D'un geste calme mais ferme, le commandant le ramena en arrière, tandis qu'Adam lui faisait des signes insistants pour lui faire comprendre de rester en retrait, de ne pas s'immiscer dans l'action et de laisser les forces de l'ordre faire leur travail.

Jane fut menottée et conduite dans un fourgon spécialement conçu pour le transport de suspects hautement dangereux. Les collègues du département voisin avaient réagi avec empressement à l'appel urgent du commandant, envoyant le véhicule en un temps record. C'était une situation inhabituelle, une mission à haut risque dans un lieu qu'ils fréquentaient rarement. L'atmosphère était électrique et tous les policiers se tenaient sur le qui-vive, prêts à réagir au moindre signe d'agitation.

Une fois arrivée dans les locaux de la police de Cassay, la garde à vue de Jane commença dans des conditions explosives. Elle griffait violemment toute personne qui s'approchait d'elle, distribuant des coups et renversant tout sur son passage. Ses hurlements résonnaient dans les couloirs, à en faire vibrer les veines de son cou. Les policiers peinaient à la maîtriser lors de la séance de photos. Le visage ensanglanté et les cheveux collés par le sang séché, Jane offrait une résistance déconcertante pour une jeune femme de sa stature en apparence ordinaire.

Les forces de l'ordre durent redoubler d'efforts pour la nettoyer, mais chaque tentative de toilette était un combat éprouvant. Elle se débattait comme un animal en cage, dégageant une sauvagerie désespérée. Sa force physique, étonnamment surprenante, ne correspondait décidément en rien à son apparence frêle.

Tout le monde sentait que Jane n'était pas une simple criminelle, mais quelque chose de bien plus sombre et complexe. Ses actions dérangeantes et sa résistance farouche semblaient défier les lois de la nature elle-même, plongeant les policiers dans un abîme d'inquiétude et de perplexité.

Elle fut installée dans la salle d'interrogatoire après avoir refusé de parler à l'avocate qui lui avait été désignée. La salle d'interrogatoire évoquait une vision cauchemardesque, plongée dans une semi-pénombre lugubre. Des néons usés pendaient du plafond, projetant une lueur vacillante et sinistre sur les murs décrépits, couverts de traces d'humidité. L'odeur de désinfectant dissimulait mal l'air lourd et renfermé de cette pièce vétuste, où le temps semblait s'être arrêté depuis des années.

Au fond de cette sombre salle, Jane était assise, raidie par les menottes aux poignets et aux pieds qui la maintenaient à sa chaise pour éviter tout geste violent. Son visage, marqué par les combats précédents, affichait une expression dure, les yeux empreints d'une lueur indéchiffrable. Face à elle, le commandant Partol était assis à l'autre bout de la table, entouré d'un tas de documents froissés et empilés à la hâte. Son regard, incisif et intransigeant, cherchait à percer le mystère qui entourait cette énigmatique jeune femme.

Cassay était une petite ville paisible qui ne connaissait que rarement de telles scènes. Le commissariat lui-même avait connu des jours plus glorieux, mais la pièce d'interrogatoire avait été oubliée par le temps. Les marques d'usure, les fissures dans les murs et les équipements vétustes racontaient une histoire de négligence et de désintérêt pour cet endroit sinistre.

Une demi-douzaine de policiers, anxieux et attentifs, étaient présents, soulignant l'importance de l'affaire. Le silence oppressant était rompu seulement par le grésillement régulier des néons fatigués. L'atmosphère était électrique, chacun retenait son souffle, attendant le moindre signe de Jane, prêt à agir au moindre écart.

Au fond d'elle-même, Jane n'en revenait pas... mais qui lui en voulait à ce point ?

Devant elle, le commandant Partol commença à lire les documents d'une voix monotone, comme une longue liste de courses.

"Vous êtes suspectée... quand je dis suspectée... nous avons des cadavres, des images, et une quantité considérable d'empreintes digitales et d'échantillons d'ADN sont prélevés chaque minute... enfin. Vous êtes donc suspectée d'avoir mis fin aux jours de Paul Kowalski, fils aîné; issu d'un premier mariage, de notre maire Igor Kowalski. De Roger, le seul sans domicile fixe connu de nos services. On le cherchait justement pour lui proposer de rejoindre le réveillon de charité organisé par la ville. De Miguel Figueira, conducteur depuis dix-huit ans aux Transports Victoria, et de sept passagers du bus numéro 8, que vous avez massacrés et laissés sur le trottoir. D'Igor Kowalski, le maire de Cassay, récemment réélu pour la deuxième fois consécutive. De Louis Fermann et Lucas Belich, deux adolescents amis d'enfance. Des quatre passagers du bus numéro 3. De Gabriel Kowalski et de sa sœur, Alice Kowalski, tous deux enfants du maire Igor Kowalski. D'Annette Kowalski, la sœur d'Igor Kowalski, venue exprès de l'étranger pour passer le réveillon en famille. Et enfin de Samuel Keller, le maître d'hôtel du restaurant Astor..."

Le commandant marqua une pause, affligé par la longue énumération qu'il venait de donner à voix haute. Les visages des policiers dans la salle étaient décomposés, mais ils tentaient de garder leur sérénité par professionnalisme. Jane entendait sans véritablement écouter.

"Voilà ce que nous savons. Ce sont les premiers éléments dont nous disposons. Il y en a peut-être d'autres ?" demanda le commandant en se levant et en s'étirant comme s'il sortait du lit.

Nonchalant, il s'approcha de Jane et, la prenant par le menton, tourna son visage vers lui.

"Vous avez fait un score de niveau international, Jane. Grâce à vous, la petite ville de Cassay va connaître la célébrité !" dit-il d'un ton menaçant. Mais au fond de lui, il se voyait déjà défilant sur la grande avenue dans une parade, installé à l'arrière d'une décapotable, recevant les acclamations de la foule sous une pluie de confettis, comme s'il venait de marcher sur la Lune.

"Et vous allez tout m'expliquer en détail, minute par minute." ajouta-t-il en approchant son visage de celui de Jane pour mieux l'impressionner. Mais il l'aurait presque embrassée, de gratitude. Jane était son moment à lui, son apogée, son ticket de loterie gagnant.

"Je les ai soignés ! Il m'a forcée à les soigner ! Je n'y connaissais rien, moi !" expliqua Jane désespérée.

"Vous les avez massacrés, systématiquement, Jane" insista le commandant Partol, en appuyant sur le mot "systématiquement".

"NON ! NON !" cria-t-elle encore en se débattant, cherchant à se lever pour quitter la pièce.

"Calmez-vous ! Très bien. Supposons que votre kidnappeur ait existé. Supposons. Comment savait-il pour la rose bleue, Jane ?" demanda le commandant, certain d'abattre sa carte maîtresse.

Humiliée d'être prise pour ce qu'elle n'était pas, Jane lui cracha au visage. Elle était bien décidée à ne pas céder à son jeu sadique, comme elle n'avait pas cédé à celui de la voix. Elle tenait la promesse qu'elle s'était faite : personne ne lui dicterait plus quoi faire.

Le commandant Partol, pris d'une rage incontrôlable face à l'affront de Jane, leva aussitôt le bras, prêt à frapper violemment la jeune femme pour lui faire payer son geste provocateur. Cependant, avant qu'il ne puisse exécuter son plan, un des policiers, habitué à gérer discrètement les excès de son supérieur, se dressa entre eux, interceptant le coup imminent.

Le policier fixa intensément le commandant, sans un mot, mais son regard exprimait un refus sans faille, lui signifiant clairement que la violence n'était pas une option. Le commandant, contrarié et visiblement agacé par cette interférence, se ravisa, reprenant ses esprits.

Dans un silence tendu, il retourna à sa place de l'autre côté de la table, marquant son mécontentement d'un mouvement sec de la mâchoire. Son ego en avait pris un coup, mais il savait qu'il devait se reprendre, garder son calme et continuer à jouer son rôle d'enquêteur impartial.

Il fixa Jane pendant un long moment, puis claqua des doigts pour qu'on lui apporte les éléments de preuve.

Les policiers firent écouter à Jane les enregistrements audio et vidéo, qui défilaient comme un cauchemar éveillé. Chaque image révélait une facette terrifiante d'elle-même qu'elle ne reconnaissait pas. Des scènes d'horreur se succédaient : elle traînait des corps, égorgeait, éventrait, agissait comme quelqu'un possédé par une force obscure.

Le son de sa voix, enregistré lors de ces actes abominables, laissait entrevoir une dualité troublante. Par moments, elle parlait avec une voix douce, presque calme, comme si elle s'adressait à quelqu'un d'absent dans les bus où elle avait commis ses crimes. Puis, son ton changeait, devenant grave et sinistre, comme si une présence malveillante prenait possession d'elle.

C'était à la fois terrifiant et déroutant. Comment pouvait-elle être à la fois la personne qu'elle connaissait, une jeune femme ordinaire, et cette meurtrière sans pitié qui semait la terreur dans la ville ?

Les spectateurs dans la salle d'interrogatoire étaient glacés d'effroi, même les policiers aguerris qui avaient vu bien des horreurs au cours de leur carrière. Le degré de violence dans les images était insoutenable, presque inhumain, et cela défiait toute explication rationnelle.

Jane, elle-même, était effrayée par ce qu'elle voyait et entendait. Elle se sentait comme étrangère à ces scènes horribles, comme si quelqu'un d'autre avait pris possession de son corps. L'idée que ses mains aient pu commettre de tels actes la révulsait et la plongeait dans une profonde détresse.

Les images s'arrêtèrent finalement, laissant un silence pesant s'installer dans la salle. Les policiers observaient Jane avec méfiance, cherchant des réponses à des questions qui semblaient dépasser tout entendement.

Le commandant Partol prit la parole d'une voix dure et accusatrice. "Qu'avez-vous à dire pour votre défense, Jane ? Ces enregistrements semblent montrer de manière accablante votre implication dans ces atrocités. Comment pouvez-vous expliquer cela ?"

Les yeux de Jane parcouraient la pièce, s'arrêtant sur chaque visage qui la scrutait, tandis que des larmes s'échappaient de ses yeux en torrents, étouffant les sanglots qui lui nouaient la gorge. Elle avait l'air d'une âme brisée, abandonnée et désemparée, cherchant désespérément un soupçon de compréhension et de compassion dans les regards qui la fixaient.

Son regard croisa celui du policier qui avait arrêté le geste violent du commandant Partol. Dans ses yeux, elle trouva un éclat de sollicitude, une étincelle d'empathie qui la réconforta l'espace d'un instant. Ce simple geste de soutien lui rappelait qu'elle n'était pas totalement seule face à cette tempête d'accusations dévastatrices.

Pourtant, le reste de la salle était imprégné d'une atmosphère glaciale et accusatrice. Les policiers scrutaient chaque réaction de Jane, cherchant des signes de culpabilité dans ses larmes et ses regards égarés.

Mais dans son cœur, Jane savait qu'elle était innocente. Elle ne comprenait pas comment ces enregistrements la montraient comme l'auteure de ces atrocités. Quelque chose de sombre et de mystérieux semblait avoir pris le contrôle de son être, la manipulant comme une marionnette sans âme.

Les souvenirs qu'elle avait de ces moments étaient flous, comme si elle avait été plongée dans un cauchemar éveillé dont elle ne parvenait pas à émerger complètement. Elle se raccrochait à l'idée que peut-être, il y avait une explication rationnelle derrière tout cela, une vérité cachée qu'elle devait découvrir pour prouver son innocence.

Mais pour l'instant, dans cette salle d'interrogatoire oppressante, elle se sentait vulnérable et accablée par la pression écrasante des accusations. Ses larmes coulaient sans retenue, révélant une détresse profonde, comme si elle implorait qu'on la libère du cauchemar qui la tourmentait.

Jane était loin d'être cette tueuse sanguinaire que les preuves semblaient dépeindre. Elle était une jeune femme ordinaire, aux rêves et aux espoirs simples, dont la vie avait été bouleversée par des événements inexplicables. Ce soir-là, pour le réveillon de Noël qu'elle s'apprêtait à passer une nouvelle fois seule, elle voulait seulement rentrer chez elle pour se reposer, et se vider l'esprit devant sa série préférée.

Dans un ultime effort pour résister à la vague de désespoir qui menaçait de l'engloutir, elle releva la tête et posa son regard sur le commandant Partol, comme un défi. Malgré la peur qui la rongeait, une lueur naquit dans ses yeux. Elle se battrait, elle se battrait jusqu'au bout pour rétablir la vérité. Au fond d'elle-même, elle savait qu'elle n'était pas cette meurtrière sauvage que les enregistrements semblaient dépeindre.

PAUL TOSKIAM

Epilogue

Le lendemain, Kevin se réveilla épuisé mais animé d'un sentiment de fierté qui lui réchauffait le cœur malgré la fatigue. Les événements de la veille avaient été éprouvants, mais il savait que ceux-ci avaient permis d'arrêter une série de meurtres horribles qui avaient terrorisé la ville. Chaque minute lui revenait en mémoire, rappelant l'importance de sa contribution à cette mission si spéciale.

Le conseil du commandant Partol résonnait encore dans son esprit. Ce dernier l'avait encouragé à envisager une carrière dans la police, reconnaissant en lui les qualités nécessaires pour réussir dans ce métier. Kevin était flatté d'avoir été ainsi reconnu et encouragé par un officier expérimenté comme le commandant. Ce n'était pas avec son supérieur direct, Adam, qu'il aurait pu espérer pareil encouragement.

Il se leva pour aller préparer le café du matin. Une grande frustration l'envahit en découvrant que le paquet de café était éventré, laissant s'échapper sa précieuse poudre noire. D'un geste désinvolte, il tenta de récupérer ce qui restait en ramassant un peu de café éparpillé sur le comptoir et le versa dans un verre qui nécessitait un bon lavage depuis longtemps.

En se dirigeant vers la bouilloire, il se rendit compte qu'elle était complètement hors service, refusant de s'allumer malgré ses multiples tentatives. La déception s'ajouta à la frustration, et il abandonna l'idée de se préparer un café pour l'instant.

Traînant les pieds, il retourna dans sa chambre, laissant derrière lui le désordre et le désagrément de la cuisine. Sur le chemin, il ne put s'empêcher de penser qu'il devrait prendre un moment pour ranger et réparer certaines choses dans son appartement. Mais pour l'instant, il avait surtout besoin d'un peu de répit.

Dans sa chambre, l'ambiance était plus apaisante, bien que légèrement chaotique elle aussi. Les murs, ornés de posters de ses jeux préférés et de personnages emblématiques, semblaient raconter une histoire fantastique à qui voulait bien l'écouter. Des étagères remplies de figurines, de consoles de jeux, de manettes et de boîtes de jeux formaient une véritable caverne d'Ali Baba virtuelle. Les câbles et les fils s'entremêlaient comme des serpents enchevêtrés, donnant l'impression que chaque recoin de la pièce était connecté à un univers numérique.

Il s'affala sur son lit, le regard perdu dans le plafond, se demandant si sa malchance du matin était le signe d'une journée plus compliquée à venir.

Les visages reconnaissants, les remerciements chaleureux de ses collègues et les encouragements du commandant Partol hantèrent ses pensées. Ces souvenirs marquaient peut-être le tournant de sa vie qu'il attendait tant.

De nouveau assis sur le bord de son lit, Kevin se remémora toutes les fois où il avait dû faire preuve de sang-froid durant cette traque intense.

Le sentiment du devoir accompli se mêlait à l'idée de suivre une formation pour rejoindre les rangs de la police. Cette perspective l'emplissait d'excitation et d'appréhension.

Alors que le soleil se levait doucement à l'horizon, il retourna dans le salon et alluma machinalement la télévision. Après l'échec du café, il décida de tenter le jus d'orange. Il devait bien lui en rester un peu. Il se dirigeait vers le réfrigérateur quand il fut happé par un direct de la chaîne d'informations continue, présente sur les lieux des événements de la veille. On parlait presque de lui.

"Une sordide course-poursuite a terrorisé toute la ville de Cassay, dans le nord du pays, durant la nuit du 24 au 25 décembre.

Alors que ses habitants réveillonnaient, Jane Kowalski, la femme du maire, a été arrêtée après une épopée sanglante à travers les rues de la ville. La jeune femme, âgée d'une trentaine d'années et mère de deux enfants, a pris successivement le contrôle de deux bus publics, massacrant plus de vingt personnes, selon un décompte actualisé en temps réel.

La petite ville de Cassay n'avait jamais connu jusqu'alors ce genre de fait divers. Les forces de police locale sont parvenues à stopper cette folie meurtrière grâce au soutien d'un pilote professionnel de drones, avant même l'arrivée des forces spéciales.

La suspecte, qui était suivie dans un centre spécialisé depuis de nombreuses années, avait été autorisée à participer au réveillon de Noël en famille, après l'insistance de son mari Igor Kowalski et de ses enfants. Elle s'est finalement rendue sans opposer de résistance aux forces de police, après avoir commencé à manger les cadavres de ses victimes à la fin de son périple macabre. Les premières auditions et expertises psychiatriques de la suspecte laissent à penser qu'elle souffre d'un trouble dissociatif de l'identité, qui se serait particulièrement aggravé au point d'abolir entièrement son discernement au moment des faits. Selon les experts en charge de l'enquête, cet état rendrait incertaine une culpabilité pénale. Une cellule de soutien psychologique a été mise à la disposition des familles des nombreuses victimes..."

Kevin, fasciné par cette histoire incroyable, éteignit la télévision. Ses oreilles bourdonnaient encore bien trop fort des bruits de la veille. Il jeta la télécommande qui rebondit sur le canapé et tomba par terre. Amusé et fataliste, il avança de quelques pas vers le réfrigérateur, prêt à en ouvrir la porte lorsqu'un coup violent retentit à l'interphone de son appartement.

Qui osait déjà le déranger à cette heure matinale ? La célébrité attendrait qu'il se verse son jus d'orange pour se réveiller. Il ouvrit le réfrigérateur ; la bouteille n'avait plus son bouchon. Il restait un doigt de jus au fond, s'offrant à lui comme une récompense suprême. Il saisit la bouteille et la vida directement, laissant s'échapper un "Aaaaahh !" de satisfaction suivi d'un petit rot, alors que l'interphone sonnait encore.

"D'accord, d'accord !" marmonna-t-il en traînant les pieds jusqu'au combiné de l'interphone qu'il décrocha.

"Bonjour, Kevin...", dit une voix grave et bienveillante, mêlée à une salve de grésillements stridents.

PAUL TOSKIAM

FIN